二見文庫

儀式 真夜中の肉宴

睦月影郎

目次

儀式　真夜中の肉宴

(鬼)身共は娘を一人持て居るが、いまだ喰ひ初めをさせぬ。おのれを喰ひ初めにさせうと思ふが、姫に喰れうか身共に食れうか。
(為朝)ハア、とても助らぬ命ならば、御娘子に喰れませう。

(能狂言「首引き」)

プロローグ

1

「これ、ヘンなの。あたしにはついてないの……」

理沙《りさ》が、好奇心にキラキラと目を輝かせ、恭太《きようた》の股間に顔を寄せてきた。

恭太は草の斜面に仰向けになり、下半身を丸出しにしながら太陽の眩しさに目を閉じた。

理沙とは、家が近所で幼稚園も同じ組の仲良しだ。

今日は幼稚園の帰り、いつものように手をつないで帰る途中、恭太がオシッコをしたら、理沙が強い関心を持って覗き込んできたのである。

もっとよく見せてと言われ、半ズボンとパンツまで下ろして草に寝転んだが、恭太は何かしら胸がドキドキして、すっかり言葉少なになっていた。

周囲は山々と田畑ばかり。通る人も車もなく、聞こえるのはトンビの鳴き声だけである。

日が陰った。

おそるおそる目を開けてみると、理沙がそろそろと手をのばしてきたところだった。

理沙は、そっと幹を指でつまんだ。

そのまま、硬さや感触を確かめるように軽くキュッキュッと握ってきた。

「あう……」

「いたい?」

「ううん、きもちいい……」

恭太は、うっとりと力を抜き、全てを理沙に委ねて答えた。

自分でオシッコするとき握ったり、お風呂で洗ったりしても特に何か感じたことはなかったのに、人に触られると、どうしてこんなに気持ちいいのだろうかと不思議だった。

理沙も、不思議そうに幼いペニスを引っ張ったり、緊張に縮こまっている陰嚢にも触れ、さらにそれを持ち上げて肛門の方まで覗き込んできた。

股間に熱い視線と、ほのかな息を感じ、何度か恭太はピクッと下腹を震わせた。

「かたくなってきたわ。ほら、手をはなしてもこんなに立ってる……」

理沙の囁きも、いつしか秘密めくようなヒソヒソ声になっていた。

「どうして、あたしにはないのかな、これ」

理沙が言い、すっかり観察し終えたように手を離してしまった。

恭太は、このドキドキする瞬間をもっと味わっていたくて、身を起こしながら理沙に言った。

「ね、じゃ女の子はどこからオシッコするの？　お尻？」

「ううん、前の方から出るの」

「見せて……」

胸を高鳴らせて、おそるおそる言ってみたが、

「うん」

拍子抜けするほどあっさりと理沙が頷き、すぐに立ち上がってスカートをめくり上げた。

膝までパンツを下ろし、すぐにしゃがみ込む。

恭太は屈み込み、理沙の股間に顔を寄せて観察した。

つるりとした股間に、ぷっくりとしたワレメがあった。

縦線のワレメ以外何も見えないので、恭太こそ、女の子の身体を不思議に思った。

「オシッコ、出る?」

「うん、もうすぐ……」

理沙も、自分と同じぐらい恥ずかしいのかもしれない。恭太はそう思い、彼女の呼吸が弾み、微かに内腿が震えているのを確認した。

2

「あん、出ちゃう……」

理沙が消え入りそうな声で言い、同時にワレメからチョロチョロと水流がほとばしってきた。

それはうっすらと黄色みがかり、ゆるやかな放物線を描く本流とは別に、出口でひねりが加わって、ワレメの周りをビショビショにしたり、お尻の方にまで伝わってポタポタ滴る分など、幾筋もの支流に分かれた。

なるほど、だから女の子は、いちいちオシッコの時も紙で拭かなければならないのだということが、はっきりと分かった。

流れは、ほんのりと湯気が立ち上り、微かな匂いが感じられた。

もちろん汚いとは思わず、同じオシッコでも女の子のものはどうしてこんなに綺麗に感じられるのだろうかと不思議に思った。

オシッコは草の間の土を直撃し、泡立ちながら斜面をゆるゆると流れていった。

それでも、恭太がした分よりもずっと少なく、すぐに流れは治まってしまった。

「もっとよく見せて」

言うと、理沙はポケットからティッシュを取り出し、軽くワレメを拭ってから、恭太がしたように、オシッコした位置から少し移動して乾いた草の上に仰向けになってくれた。

わずかに立てた両膝を全開にし、完全にスカートをめくり上げた。

理沙は、両手で顔を覆っていた。再び顔を出した陽射しが眩しいばかりではなく、やはり恭太と同じように恥ずかしいのだろうと思った。

脚を全開にして、真下から覗き込むと、縦線だけに思えたワレメが少し開き、中のピンク色のお肉が覗いていた。

「どこから出たんだろう……」

言いながら、恭太は顔を寄せた。

そして、自分も触られたのだから構わないだろうと思い、そっと指を当てて、グイッとワレメを左右に広げてみた。

柔らかく、弾力ある感触が指に伝わってきた。

丸くぷっくりした桃の実のようだったが、開くと、大きな種を取り出した後みたいに、くぼんでえぐれたようになっており、奥に細かなヒダヒダがあった。

まだオシッコが残っているのか、ピンク色の内部は潤い、陽射しを受けてヌメヌメと光沢を放っていた。

「ここ？」

奥の方で、襞に囲まれた丸く開いた穴に指を当てると、

「ううん……」

理沙が首を横に振った。

ワレメの上の方に、コリッとした小粒の突起があり、そこに触れると、

「あん、そこも違うわ……」

理沙の声がやや強くなり、ビクッと股間が跳ね上がった。そこは触ってはいけないほど、感じやすく傷つきやすい部分だったのかもしれない。

そしてようやく、生ぬるいオシッコの匂いが感じられるほど顔を寄せて見ると、ポツンとした小さな穴を発見した。

指先で触れると、

「そう……、そのへん……」

理沙が答えた。

さらに恭太は、ワレメの下の方にあるお尻の穴もシゲシゲと観察した。

「もういいでしょ？　寒いわ……」

やがて理沙が身を起こし、二人して身繕いした。

その時、いきなり理沙がヒッと息を呑み、硬直した。

恭太が彼女の視線をたどると、一人の男の子が立って、じっとこちらを見ていた。

3

「ああ、お兄ちゃんだよ」

恭太は、理沙を安心させるように言った。

土手の上から、じっとこちらを見ている男の子は、確かに、恭太の双子の兄。病弱のために、幼稚園には行っていないが、恭太と同じ服を着て、同じ坊っちゃん刈り、並べば寸分違わぬ瓜二つの兄弟だ。

名は、玲《れい》。

身体が弱く、滅多に外へ出ないし、無口である。

それにしても、一体いつから見ていたのだろう。

今は、互いに身繕いしているからいいが、いかに無口な兄とは言え、理沙との秘密の行為を見られていたかもしれないと思うと恭太は恥ずかしくて、とても普通ではいられなかった。

「こわいわ……」

理沙は、何故かかなり怯えていた。

「こわくないよ。僕のお兄ちゃんだってば。僕とそっくりだろう？」

「違うわ……」

「どこが……？」

「あの子には、角《つの》があるもの……」

そんなバカな、と思いながら恭太は、もう一度玲を振り仰いだ。

するとどうだ。自分そっくりの玲の頭に二本、鬼のような角が生えているではないか。

「うわーっ……！」


自分の声で、恭太は目を覚ました。

（また、あの夢だ……）

布団の上で、恭太は激しく息を弾ませ、動悸が治まるのを待った。

理沙との前半部分は、実際にあった体験なのだが、後半がどうも判然としない。

なにしろ、もう十二、三年も前のことだし、あれ以来、理沙にも玲にも会っていないのだ。

深夜二時。明日から期末テストだ。

寝坊したら大変だと、恭太はもう一度目覚まし時計を確認してから、再び布団に横になった。

目を閉じると、またあの懐かしい田園風景が瞼の裏に広がってきた。

（一度、行った方がいいのかもしれないな……）

恭太はぼんやりと思い、間もなく眠りに落ちていった……。

第一部――美母

第一章　女医の強制採取

1

「じゃ、僕が養子として実家に戻る……？」

恭太は、突然の話に戸惑いながら言った。

「ええ、先代が亡くなって何年にもなるし、どうしても跡継ぎが必要なの」

美しい女医が答えた。

まだ三十代半ばだろう。もちろん今は白衣ではなくスーツ姿だが、縁なし眼鏡の似合う、案外グラマーな美人だ。名刺には、会田亜矢子《かいだあやこ》とある。

医師会で東京に出たついでに寄ったというが、それは口実だろう。若いが、先代を看取ったお抱え医師らしいから、金を貰って恭太を呼び戻すよう言われてきたに違いない。

この部屋に、女性が来るのは初めてだった。

「跡継ぎなら、兄がいるでしょう」

「玲さんのこと、覚えているの?」

「ええ、ぼんやりとだけど」

「そう……、でも事情があって玲さんは跡継ぎになれないわ」

「事情って?」

「それは、今は詳しく言えないのだけれど、家に帰れば何もかも理解してくれると思うの」

まあ、病弱で幼稚園にも行っていなかったようだから、後継者には相応《ふさわ》しくないのかもしれない、と恭太は思った。

「少し考えさせて下さい」

「ええ、いいわ。でも、あなたが思っているほど田舎じゃないわ。コンビニもカラオケボックスも、図書館も映画館もある町よ」

そうなのだろう。あれから十三年も経てば、開発されているに違いない。

ましで恭太は、一度生まれ故郷に帰ってみたいような気になっていた矢先だから、少しだけ心が動いた。

「とにかく、決定は急がないから、一度遊びに来て。明日からお休みでしょう?」

「ええ」

「来てみて気に入らなければ、それはそれでいいから。じゃ、私はこれで」

亜矢子は立ち上がり、封筒を置いていった。

彼女が帰ってから開けてみると、新幹線のグリーン券や住所と地図の他に、現金が十万円入っていた。

家から預かってきた切符と小遣いらしい。

しかし金よりも恭太は、亜矢子の残り香を追うように小鼻を膨らませ、彼女が座っていた座布団に手のひらを当て、温もりを味わってしまった。

ここのところオナニーの回数が増え、女性なら誰でもいいと思えるほど四六時中欲情してしまっていた。

まして、あんな綺麗な女医なら願ってもない。初体験の手ほどきをしてもらいたかった。

蒲地《かまち》恭太は、先月十七歳になったばかりの高校二年生だった。

十二月上旬の今日、期末テストが終わり、明日から終業式まで自由登校に入る。

今は東京だが、幼稚園までは故郷の兵庫県播磨に住んでいた。

故郷の記憶は、夢に見るほどおぼろげにはあるのだが、両親と一緒に東京に移り住んだ事情は分からない。

両親とも、昔の話はしなかったし、訊いても答えてくれなかった。あるいは、嫌なことがあって飛び出してきたのかもしれない。もちろん法事や墓参りなどもしていないし、実家の方とは一切交際していなかったようだ。

恭太の双子の兄、玲は置いてきてしまったが、祖父母が跡継ぎのため片方だけは頑として放さなかったのだろうか。

その両親も、今はない。

二人とも、一年前に交通事故死した。恭太は両親の保険金で暮らし、学校の近くのアパートに一人で住んでいたが、周りに親切なおばさんたちがいるので料理だけは困らないですんでいた。

ただ同情もあるのだろうが、逆に周りが世話を焼きすぎて、女の子も部屋に連れ込めないのには閉口した。

まあ、まだ恋人などはおらず、ファーストキスも未経験のシャイな童貞だから、連れ込める子などいないのだが、おばんさんたちは親代わりのつもりか、何かと干渉してきたのだった。

と、いきなりノックもなくドアが開き、隣のおばさんが鍋を持って勝手に上がり込んできた。

「誰？　今の綺麗な人。学校の先生じゃなさそうだし」

おばさんが言う。

もう六十過ぎだから、いくら女性なら誰でもいいほど飢えていても、このアパートのおばさん連中だけは問題外だった。

「はあ、医者らしいけど、僕の実家の使いだって」

「実家って？」

根掘り葉掘り聞かれるまま、恭太もざっと話してしまった。

「そう、そんな親戚がいるんなら、行く方が幸せかもしれないわね。まして本家の跡取りでしょう。大事にされるわよ。もちろん私たちは寂しいけれど、恭太ちゃんの幸せを思えばねえ」

おばさんは鍋をコンロにかけて温め、勝手に米をといで電気釜にセットしスイッチを入れた。

「とにかく、明日から何日か行ってきますから」

「そう。気をつけてね。まあ跡継ぎになる決心をしても、一度は帰ってくるのよ。送別会をするんだから」

「はい」

恭太は頭を下げ、やがておばさんは出ていった。

おそらく一時間以内に、アパート中に話が広まるだろう。

人情と好奇心の渦の中での生活も面白いが、家族と生活する、ということにも関心が湧いた。

十何年会っていない兄、玲と、幼なじみの理沙に会える。

それだけで、何かしら心が浮き立つが、何故か、茶箪笥の上にある両親の位牌が、「行くな！」と言っているような気がした。

（大丈夫だよ。嫌ならすぐ帰ってくるし、それに、どうして僕だけ連れて村を出たのか、そろそろ知ってもいいだろう……）

恭太は心の中で両親に言い、夕食前に明日からの旅行の準備にかかった。

2

翌朝、恭太は東京から新幹線で西へと旅立った。ほんの気楽な旅行で、少なくとも終業式まで、まず何かの事情で長い滞在になろうとも、せいぜい二週間ぐらいで帰ってこられるだろうと思った。

こんな遠出は中学の奈良・京都の修学旅行以来だ。高二の修学旅行はスキーなので、年が明けてからなのだ。

持ってきたのは、財布の他はリュック一つ。わずかな着替えやタオル、インスタントカメラだけだ。

一年前の両親の死は、かなり恭太を落ち込ませたが、今は天涯孤独な暮らしも気ままでいいと思えるほどの余裕を取り戻した。夫婦水いらずの、たまの温泉旅行の帰りの交通事故だったが、むしろ恭太よりも同じアパートのおばさんたちが同情して泣き崩れていたものだった。

父親は電機工場に勤め、母もスーパーのパートに出ていた。二人とも四十四歳だった。

まあ、そこそこの保険金が下りて、質素に暮らしていれば恭太の衣食住と、大学を出るまでぐらいの金はあった。

また、恭太自身は運動は苦手だが、成績の方は、まずクラスでも上位だった。

しかし一人きりになると、急に、今まで思い出しもしなかった双子の兄のことを夢に見るようになった。

そんな矢先の亜矢子の訪問だっただけに、恭太は行ってみる気になったのだ。

新幹線の中の売店で昼食をすませ、やがて乗り換えた。

目的地は、明石と姫路のほぼ中間から、さらにローカル線で北上する。

最終駅で降り、さらにバスに乗った。

だんだん日が傾いてくる。

外も次第に田園風景が多くなり、本当に開発途上の近代的な町なのだろうかと恭太は少し心配になってきた。

やがてバスの乗客がどんどん降り、とうとう二人だけとなった。

恭太の他にもう一人乗っているのは、何と、巫女《みこ》だった。

いくつぐらいだろう。大人の女性の年齢は分からないが、まだ二十代半ばか。

白い衣に朱色の袴を、きっちりと一分の隙なく着こなし、きつい眼差しで恭太の方を見ていた。

別に、よそ者を見る好奇心の色はない。むしろ、見るというより睨む、といった攻撃的な視線だ。

恭太は、何だか怖いので懸命に無視しようとしたが、いったんその視線に捕われてしまうと、もう目が逸《そ》らせなくなってしまった。

美しい、が、恐ろしい巫女が、やがて口を開いた。

「蒲地玲……、いや、違うようだが、縁者か」

エンジンの振動音の中でも、彼女の声ははっきりと耳に響いてきた。

「玲は、僕の双子の兄です。今日、僕は東京から十何年ぶりに帰ってきたんですが、蒲地家をご存じですか」

恭太は、おそるおそる言った。

「この土地で知らぬものはない」

「僕、恭太と言います」

巫女の目が少し和らいだので、恭太は名乗り、小さく頭を下げた。

するとバスのアナウンスが流れ、停車した。終点に着いたようだ。

「土地のことで、何か聞きたいことがあれば訪ねてくるがよい」

巫女は立ち上がり、彼に名刺を渡し、先に降りていった。

見ると『霊感師　仁枝由良子《にえだゆらこ》』とあり、鬼王神社内として住所が記されていた。

バスを降りると、思っていた以上に拓けた街並みが広がっているので、恭太はようやく安心した。

バスターミナルがあり、小さいが商店街もある。

個人タクシーも一、二台停まっているし、亜矢子が言ったようにコンビニも本屋も映画館も見えた。さらに役所や消防署、図書館や市民ホールのような建物もあった。

由良子の姿は、すでにない。

商店の間の露地に鳥居があり、そこから参道が続き、向こうに大きな杜が見えるので、もうそちらへ入ってしまったのだろう。

恭太はポケットから地図を取り出し、見当をつけて歩きだした。

「あ……！」

すれ違う通行人が、恭太の顔を見て思わず絶句し、青ざめたまま慌てて会釈すると、足早に立ち去っていった。

「……？」

何やら、驚愕と畏敬を含んだような表情だった。

自分とそっくりな玲がそんなに有名なのだろうか。恭太は適当に解釈し、小さな商店街を突っ切って、奥にある蒲地家へと歩いていった。

しかし、恭太と顔を合わせた人々は、みな同じような反応をした。会釈はするものの、声をかけてくる者はなく、逆に恭太が道を訊こうとしても、取りつく島がないほど、そそくさと姿を消してしまうのである。

それでも地図では一本道だったので、間もなく恭太は蒲地家へと到着した。

背後は山で、広大な敷地をお城のような塀が囲っていた。

（でかい……）

いったい何百坪あるのだろう。

恭太は左右に伸びた塀を見渡し、さらに背伸びしたが中の屋敷は見えない。塀の上から、様々な樹々が見えているだけである。

塀沿いに歩いて、ようやく正門に着いたが、大きな木の門はピッタリと閉ざされていた。

古びた表札は「蒲地」と辛うじて読め、門の真ん中には家紋だろうか、丸の中に二本の鎌が×型に、ぶっちがいになって描かれていた。

呼び鈴を押すと、少し経ってから、使用人だろうか、作業着姿の老人が通用門を開けてくれ、深々と一礼してきた。

「お待ち申し上げておりました」

しわがれた声で言い、恭太は招かれるまま中に入った。

広い庭は、よく手入れされていた。松が植えられ、築山があり、池、灯籠、飛び石などが調和よく配置されている。

屋敷は平屋だが、かなり大きい。

相当な年代もので文化財級なのだろうが、改築が繰り返されているためか、屋根瓦は新しく、それほど暗い印象はなかった。

時代劇のように、衝立《ついたて》のある玄関から上がり込むと、そこで老人は奥に声をかけただけで庭に戻っていった。

やがて奥から、主《あるじ》らしい和服の女性が出てきた。

四十前後だろうか。黒髪をアップにし、透けるような色白の美女だった。

どんな美人女優を見たときよりも、恭太は心を摑まれたように目を見開き、しばし見惚れてしまった。

「こちらへ」

女性は言い、恭太を座敷に案内した。

十二畳敷きが、襖を開けているので二間、広々として恭太を迎え入れた。家具が何も置かれていないので、やけに寒々しい感じがする。

昔は、村人の集会などに使われた広間なのだろう。

女性は、床の間を背に座り、その正面に恭太も正座した。

「蒲地恭太です」

恭太は、女性に挨拶した。

「よう帰っておくれだね」

女性は澄んだ声で、古めかしく言った。色白の顔に、微かな笑みをたたえている。

「私は亜津子《あつこ》。礼治郎《れいじろう》の妹、お前の叔母です」

礼治郎は、恭太の父の名である。

「二親を亡くしたことは気の毒に思いますが、そのためお前が帰ってきてくれて、お家にとっては嬉しいことです」

まだ、正式に帰ると決めたわけではないが、そのことを口に出すのは気が引け、恭太は黙っていた。

「玲、兄は……？」

「玲を覚えておいでかえ？」

「はあ、少しだけですが」

「いずれ会わせるが、今は病気療養中です。まあ、それでお前を探すことになったのですが」

「他のご家族は」

「私たちだけ、お前を入れて三人です」

「……」

どうやら、こんな広大な屋敷に今まで二人だけで住んでいたようだ。

祖父母も他界し、おそらくは亜津子の連れ合いも死んだか、あるいは独身なのだろう。使用人は近所の人たちが手伝いに来ているだけで、住み込みではないようだ。

「手続きがすみ次第、私はお前の母親になります。東京の住まいも、代理人が処理してくれることでしょう」

「ちょ、ちょっと待っ……」

「お部屋はこちらです」

亜津子は立ち上がり、先に悠然とした足どりで広間を出ていった。

恭太も、リュックを持って慌てて彼女を追った。

長い廊下を何度も曲がりくねったが、片側が縁で庭が見渡せるので、何とか方向感覚だけは失わずにすんだ。

「外出は自由ですが、日暮れまでには戻るように。身の回りのことは、源蔵《げんぞう》とおセキに言いつけなさい。明日は、ご先祖のお墓参りに行きます」

部屋まで案内すると、亜津子はそのまま他のどこかの部屋へ行ってしまった。

源蔵とはさっきの老人で、その妻がおセキさんなのだろう。庭師と賄《まかな》い婦として、朝から晩まで屋敷に詰めているようだ。

「……」

まあ、まだ来たばかりだ。少し落ち着いてからジックリ話し合えばいいだろう。

恭太は溜め息をつき、与えられた部屋にリュックを下ろした。

部屋は和室の八畳間。

学習机に本棚、洋ダンスにビデオ付きテレビ、エアコンもあり、どれも新品だということは、恭太のために用意されたものだろう。

（困ったなあ……）

土地の大富豪らしいから、こうしたものは大した出費ではないのだろうが、これでは東京へいったん帰ることさえ言い出しにくくなってしまった。

押し入れを開けると、布団と寝間着が入っていた。洋ダンスの中には、新品の下着や靴下も入っていた。あるいは女医の亜矢子が、恭太の体型を見て揃えたのかもしれなかった。

（会田亜矢子さんと、亜津子おばさん……、どことなく似ているな……）

ふと恭太は思った。

まあ、土地の者だから縁が繋がっていて、それでお抱え医師をしているのかもしれない。

とにかく、もう日暮れだ。今日の外出はできない。

上着を脱いで、縁側越しにぼんやり庭を眺めていると、老婆がやってきて、風呂と飯の支度ができたと言った。これがおセキさんだろう。

夫婦揃って、あまり無駄口は聞かないようだ。あるいは、いっさい干渉しないよう亜津子に言われているのかもしれない。

やがて恭太は、新品の下着を持って風呂に入った。

思ったよりも近代的なバスルームだ。バスタブも洗い場も広くて、シャワーもあるし、大きな窓から庭も見られるようになっている。

脱衣所で、思わず亜津子の下着がないか探してしまったが、残念ながら何も発見できなかった。

こんな折りでも、どうしようもなく性欲が湧き上がってしまうのが、我ながら情けなかった。まあ、叔母があまりに美しいので、彼女との生活にも少し心が傾きはじめているのも事実だ。

風呂を終えると、食堂で夕食をとった。おセキさんが給仕してくれたが、亜津子の姿はない。

「まさか、男女は一緒に食事しないとか、そんな習慣じゃないですよね？」

恭太が訊くと、

「その通りでございます」

おセキさんが神妙に答えたので、恭太は驚いた。

外見は古い屋敷だが、バスルームもトイレも近代的で、何一つ違和感はないというのに、そうしたしきたりだけが生きているのが不思議だった。

食事を終え、恭太は自室に戻り、しばらくテレビを見ていたが、やがて疲れたので布団を敷いて横になった。

静かだった。

もう片づけを終えた老夫婦も帰ったのだろう。車の音も聞こえず、たまに庭のせせらぎと鹿威《ししおど》しの音が聞こえてくるだけだった。

そして恭太はブラウン管に映っているアイドル歌手を見ながらオナニーして、間もなく眠ってしまった。

3

翌朝早くに、女医の亜矢子が車で迎えにきてくれ、亜津子と三人、山寺へと出向いた。

訊いてみると、やはり二人は従姉妹同士ということだった。

しかし他には近しい親類はなく、一族はこの蒲地家と会田家だけのようだ。

やがて老住職に会い、先祖代々の立派な墓にお参りをし、帰ることとなった。

「町を見て回りたいんだけど……」

「後にして」

運転席の亜矢子が言う。

「先に、軽く健康診断しておきたいから」

「東京の高校で検診があるけど、別に何も異常ないけど」

「形ばかりのものよ。すぐすむから」

言われて、また車に乗り込もうとした。

その時、恭太のポケットから霊感師、仁枝由良子の名刺が落ちた。

「これは……」

いち早く亜津子が拾い、穏やかな顔を一変させて恭太を睨んだ。

「いつ由良子に会ったの」

「く、来るときバスで……」

「ふん」

亜津子は突然名刺をビリビリに裂いて、帯の間に入れてしまった。

あとは何も言わず、亜津子は車に乗り込み、恭太も呆気に取られながらも、隣に乗り込んだ。

まあ神社の場所も昔から知っているから名刺がなくてもかまわないのだが、この反応に恭太は興味を覚えた。

やがて亜矢子の運転で山を降り、先に亜津子を屋敷前で降ろした。

そして恭太を、自分の診療所へと連れていく。

医院の建物は屋敷からほど近い、商店街の外れにあった。『会田医院　内科小児科』とあるが、入口に「本日休診」の札が掛かっている。

亜矢子は車をガレージに入れ、鍵を開けて中に入った。

階下が診療室で、二階が住居らしい。

「今日は看護婦も誰もいないから気楽にして」

亜矢子が、白衣を羽織りながら言った。

「独身なんですか？」

「そうよ」

「亜津子おばさんも？」

「ええ」

「どうして？」

「さあ」

亜矢子は眼鏡を押し上げて答え、待合室を通過して、薬品の匂いのする診察室に恭太を招き入れた。

やや栗色がかったショートカットの髪に、縁なし眼鏡、白衣が実にピッタリと似合っている。さすがに、スーツ姿より白衣の方が決まっていた。

恭太は椅子に座り、上半身裸にされ、聴診器での内科検診を受けた。

亜矢子は、彼の胸と背中、目や喉の奥などを見ながら、食事の好みや生活のリズムなど、基本的なことを質問してきた。

「じゃ、下も脱いでこっちに寝て」

亜矢子が聴診器を外し、立ち上がりながら言って診察ベッドを指した。

「え……?」

恭太は戸惑った。そしてノロノロとズボンを脱いで籠に入れると、

「それもよ、全部」

容赦なく言われ、恭太はブリーフまで脱いだ。もう残るのは靴下だけだ。

「脚を上げて、両手で抱えてね。少しだから、我慢するのよ」

「そ、そんな……」

「さあ早く。検査なのだから恥ずかしがらないで」

亜矢子は、子供に対するように優しく言い、指にサックをはめた。

さらにゼリーも塗り付け、完全にオシメを替えるスタイルになっている恭太の肛門に指先を押し当ててきた。

「あう……」

こんな格好だけでも死ぬほど恥ずかしいのに、敏感な部分を刺激され、思わず声が洩れてしまった。

「もっと力を抜いて」

言われて、懸命に口で呼吸し、力まないように努力したが、生まれて初めての違和感と痛みに、浮かせた脚をガクガク震わせてしまった。

それでもゼリーのヌメリに、指先が襞を押し広げ、ヌルッと潜り込んできた。

まるで固い排泄物が逆流してくるような、痛み混じりの変な感覚だった。

入口周辺だけではなく、奥の方でグネグネ動く指の感触も伝わってきた。

どうやら指は根元まで入ってしまったのだろう。

「ほおら、もうすぐよ。我慢してね」

亜矢子はチロッと舌なめずりしながら、内部の粘膜の上下左右を指で圧迫した。

そしてようやく、ゆっくりヌルヌルッと引き抜かれていった。

しかし、指が完全に離れても、まだ違和感が内部に残り、入口がジンジンと染みるように痛んだ。

まあ別に異常もないのだろう。亜矢子は指サックを外して捨て、

「じゃ脚を下ろして」

言いながら彼の脚を押し下げた。

全裸で仰向けにされ、ペニスが丸見えになった。しかも妖しい刺激と、美人女医と二人きりというドキドキする状況に、童貞のペニスはムクムクと変化しはじめていたのだ。

それに亜矢子も亜津子の従姉妹だから、自分の遠縁にあたる。何やら、家族の縁の薄かった恭太は、急に美しい縁者が増えたことに悦びを覚えた。そして近親相姦という言葉も胸に浮かび、妖しい禁断の期待が高まった。

「まあ、さすがに元気ね」

亜矢子の口調が、女医から一人の女に戻ったように、甘ったるく粘つくように変化してきた。

そして指先でピンと亀頭を弾き、さらに緊張と羞恥に縮こまった陰嚢を、柔らかく温かな手のひらで包み込み、根元をやわやわと揉んでくれた。

「ああ……」

いきなり快感の中心を刺激され、思わず驚きに喘ぎ声が洩れてしまった。

「オナニーは、何回ぐらい？」

弄《もてあそ》んでいるとしか思えないが、言葉ではまだ診療が続いているようにも見える。

「ま、毎日……」

恭太は顔に血を昇らせ、声を震わせて答えた。

「一回？」

「たまに、二回ぐらいは……」

「セックス体験は？」

「あ、ありません。恋人もいないし……」

「風俗は？」

「もちろん一度も……」

「キスしたことは？」

「ないです……」

「じゃ、異性に触れたのは？」

「フォークダンスだけです……」

懸命に答えながら、羞恥と快感に、頭がグルグル回るようだった。

それでも幼い頃の、夢か現実か定かでない理沙との出来事については、恭太は何も言わなかった。

その間も、亜矢子の陰嚢《いんのう》への愛撫が続き、さらにしなやかな指が、幹にも這い上がってきた。幹をやんわりと握り、そっとニギニギしながら、ピンピンに張り詰めた亀頭にも指を当てた。

すでに尿道口からは透明な粘液が滲んでいるが、それも亜矢子は指の腹で拭うように触れ、ヌラヌラとこすってきた。

いつしか恭太自身は、美人女医の手のひらに包まれながら、最大限に容積を増してしまった。

「ほら、すごいわ。こんなにカチンカチンよ」

亜矢子の囁きも、もうどこか遠くから聞こえるようで、とても恭太は答える余裕などなくなっていた。

そして亜矢子の指の動きも、本格的になってきたのだ。

指で筒状に握って、リズミカルに上下させ、ペニスの反応と恭太の表情を交互に見下ろしていた。

あくまで冷静な女医の表情は崩さないが、それでも色白の頬がほんのりと薄桃色に上気していた。

「あう……、い、いっちゃう……！」

恭太は、ここで射精していいのかという戸惑いさえ吹き飛び、もうどこで何をされているかも分からない状態になって口走った。

「いっていいのよ。さあ、うんと気持ちよくしてあげるから」

言うなり、亜矢子はいきなり屈み込み、チュッと亀頭を含んで吸いついたのだ。

柔らかく、ほんのり濡れた唇が丸くカリ首を締めつけ、温かな空間に包まれた内部で、ヌラリとナメクジのような舌が蠢いてきた。

「ああッ……！」

もう、ひとたまりもない。

感触そのものよりも、自分のペニスが美女に含まれたという事実だけで、恭太は最高の快感に全身を貫かれてしまった。

後から後から突き上がってくる快感にクネクネと身をよじりながら、恭太はドクンドクンと熱い大量のザーメンを噴出させた。

それは、もうオナニー快感の比ではなかった。

恭太は悶えながら、このまま魂まで絞り出してしまいそうな勢いで、最後の一滴まで放出してしてしまった。

「ンン……」

噴出の痙攣が終わり、ジックリと余韻を味わった頃、亜矢子が小さく呻いて、そっと口を引き離してきた。

何と、全て彼女の口に出して汚してしまったかと思っていたのだが、亜矢子は含むときに素早くコンドームを口にしていたようだ。

恭太は、生まれて初めての愛撫に夢中で気づかなかったのだ。

亜矢子が完全に口を離すと、恭太のペニスのコンドームの先端に、白濁したザーメンが溜まっているのが見えた。

亜矢子は、そのコンドームを外し、ザーメンがこぼれないように注意深く机まで運んだ。

恭太が起きる気力もなく、ぼんやりと眺めていると、亜矢子はさっそく採集したばかりのザーメンを顕微鏡で覗きはじめた。

4

「まだできそうね。女の身体、見たい？」

亜矢子が振り返って言った。まだ恭太は、全裸で横になったままだが、彼女の言葉にドキリと胸を高鳴らせた。

どうやら恭太の精子は、何も異状なかったようだ。

何のための検査か、疑問は山ほどあるが、今は亜矢子の行動に全神経を奪われていた。

そして亜矢子も仕事を終え、今度は自分も楽しもうとするかのように、眼鏡を外して恭太に添い寝してきた。

「……！」

全裸の肌に、白衣の感触がひんやりと妖しく伝わってきた。

恭太は、着衣姿とはいえ女性にいきなり身体を密着され、ただ身を固くし息を詰めているばかりだった。

亜矢子は、そのまま恭太に腕枕し、

「いい？　じっとしてて」

耳元に熱い息で囁くと、そのままギュッと抱き締め、上からのしかかってきた。

眼鏡を外した整った顔だちが迫り、唇が重なった。

生まれて初めてのキスだ。

間近に見えるのは、美女のきめ細かい白い肌と、睫毛が長く、艶めかしい色を宿した眼差しだ。

やがて亜矢子の熱い視線が眩しくて、恭太は薄目になった。完全に目を閉じるのがもったいなかったのだ。

亜矢子の唇は紅が塗られてほんのり濡れ、ピッタリと吸いつくようだった。熱い息は湿り気を含み、甘い匂いがした。

彼女は、童貞の唇の感触を味わうように、何度かこすりつけながら動かし、わずかに開いた唇の間から、ヌルッと舌を伸ばしてきた。

しかしすぐには差し入れず、恭太の唇を舐め、少し潜り込ませて、歯並びをチロチロと左右にたどってきた。

そして、恭太がおそるおそる前歯を開くと、亜矢子の舌が奥まで潜り込んできた。

舌は長く、恭太の口の中を隅々まで舐め回してくる。

「ンン……」

亜矢子は小さく声を洩らし、少しでも奥まで舐めようとしてか、グイグイ唇を押しつけてきた。

しかも彼女の顔が下向きのため、たまにトロリと生温かい唾液が注がれ、恭太がうっとりとしながら飲み込むと、それは心地好く喉を潤した。美しい女性の口から出たものだから、少しも汚いとは思わず、むしろ自分の身体に入っていくのが嬉しかった。

そんな様子も亜矢子は観察しているのだろう。恭太が嫌がらないのを知って、もう唾液が滴《したた》るのを堪えようとはせず、流れるに任せながら舌を動かしてきた。

恭太もオズオズとからませていくと、亜矢子も集中的に恭太の舌をクチュクチュと舐めはじめた。

何という気持ちよさだろう。

女性と唇を重ね、甘い吐息で胸を満たし、清らかな唾液を飲み、柔らかな舌を舐めているだけで限りない幸福感に包まれ、このまま昇天してしまいそうになった。

「吸うのよ」

わずかに密着がゆるんで、亜矢子がうむを言わせぬ口調で囁いた。

恭太は再び差し入れられた亜矢子の舌に、チュッと吸いついた。

亜矢子の舌の表面は、ほんの微かなザラつきが感じられ、裏側はヌルヌルと滑らかだった。

やがて舌が引っ込み、唇が重なったまま亜矢子が口を開いたので、今度は恭太もそろそろと舌を潜り込ませていった。

彼女の唇を舐め、白く綺麗な歯並びも左右にたどり、やがて熱くかぐわしい口腔に侵入した。

そして口の中を舐めたが、いくらも味わわないうちチュッと強く吸われた。

そのまま亜矢子は息を弾ませ、ちぎれるほど強く吸い続け、恭太の裸の胸を柔らかな手のひらで撫で回してきた。

ようやく、長いディープキスが終わり、亜矢子の顔が離れた。

急に新鮮な空気がひんやりと鼻腔に入ってきたが、彼女の甘い匂いが感じられないので物足りないくらいだった。野山のどんなに澄んだ空気よりも、美女の熱く甘い吐息だけを吸い込んでいたいと、恭太はぼんやりと思った。

しかし頭はぼんやりとしているのだが、股間のものだけは、すっかりピンピンに回復していることが、再び亜矢子に触れられて分かった。

亜矢子は強ばりを確かめただけで、すぐに指を離し、白衣の胸を開き、さらに内部のブラウスのホックも外してきた。

さらにブラもズラしてしまったのだろう。

恭太の目の前に、見事な膨らみが二つ、ぶるんと弾けるように現われ、同時に今まで内に籠っていた熱気も、甘ったるいフェロモンを含んでふんわりと揺らめいてきた。

ツンと突き立っている乳首は、子供を産んでいないせいだろうか、淡いピンクの初々しい色合いだった。乳輪もほどよい大きさで周囲の肌に溶け込み、その柔肌は、うっすらと静脈が透けるほど白く張りがあった。

亜矢子は無言で膨らみを押しつけ、恭太は夢中で乳首に吸いついていった。

目の前いっぱいに淡い肌色が広がり、ほんのり漂う汗の匂いと、上から吹きつけられる吐息の甘さが混じって、恭太は乳首を吸っているだけでも昇りつめてしまいそうなほどの興奮を得た。

舌で転がすように夢中で舐めると、濡れた乳首はさらにコリコリと硬くなり、唇で挟んで吸い、自分からもう片方の膨らみに手のひらを這わせていった。

「そっと噛んで……」

亜矢子の声は、すっかり熱っぽく忙《せわ》しい吐息混じりになり、恭太も言われたとおりそっとカリッと歯を立ててみた。

「く……！」

亜矢子が息を詰め、小さく呻きながらビクッと肌を硬直させた。

「こっちも……」

やがて亜矢子が、恭太の顔をやんわりともう片方の膨らみに押しやった。

そちらも吸い、充分に舌で転がしてから、キュッと軽く噛んだ。

「ああッ……！」

亜矢子は顔をのけぞらせ、いつしか仰向けになって大きく胸を開いてきた。

左右の、たわわに熟れた乳房の谷間にポツポツと汗の玉が滲み、白衣の隙間から見える腋に、ほんの少し腋毛が見えた。それが何とも色っぽく、恭太は、いかにも大人の女性を相手にしているのだという実感が湧いた。

やがて亜矢子は、両の乳首を交互に恭太に吸わせながら、自ら裾の中に手を入れ、下着を脱ぎ去ってしまった。

そして胸の位置にある恭太の顔を、両手で下方へと移動させていった。

恭太も、ドキドキしながら、美人女医の股間に顔を潜り込ませた。

脚は黒いストッキングで覆われ、わずかに太腿の付け根から股間にかけて素肌が続いていた。

白衣とスカートの裾も大きくめくりあげられているから、下腹から股間の真ん中までが丸見えになっていた。ふっくらした丸みのある丘には、黒々と艶のある恥毛が色っぽく茂り、真下のワレメからわずかに濃いピンク色の花びらがはみ出し、下の方は露を宿して光沢を放っていた。

「見て。初めてでしょう……？」

亜矢子が、喘ぎを抑えるように短く言い、自ら両の人差し指を当て、グイッとワレメを開いてくれた。

内部の、ヌルヌルするピンクのお肉がよく見えた。

下の方には、今にも溢れそうに愛液が溜まり、奥の膣口周辺には、細かな襞が花弁のように入り組んでいた。

柔肉の真ん中には、ポツンとした小さなオシッコの穴が確認でき、さらに上にある包皮の出っ張りの下からは、小粒の真珠のようなクリトリスも、鮮やかな光沢を持って顔を覗かせていた。

恭太は、以前図鑑で見た女性器の名称を一つ一つ頭に浮かべて観察した。

「この穴に入れるのよ。でもその前に……」

亜矢子が言い、広げていたワレメから両手を離して、恭太の顔を引き寄せてきた。

もちろん嫌ではない。言われなくてもそうしたいと思っていたところだ。

恭太は、ピッタリと亜矢子の中心に顔を埋め込んだ。

柔らかな恥毛が、優しく鼻をくすぐってきた。

こすりつけて嗅ぐと、隅々には生ぬるく甘ったるい汗の匂いに混じり、さらにドキドキする女のフェロモンが感じられた。

何ていい匂いだろう。

美しい女性というのは、吐息も体臭も股間も、自然のままで芳香を発しているのだということが分かった。

（あの、綺麗な亜津子おばさんもきっと……）

顔を埋めながら、ふと亜津子の顔が浮かんだ。

やがて舌を伸ばし、ワレメを舐めはじめた。

内部は熱く、トロリとした蜜に濡れていた。味は薄いが、ほんのりしょっぱいような酸味が混じっているような、微妙な味わいがあった。

恭太は次第に大胆に、下から上へヌメリをすくい取るように舐めた。

襞に覆われた膣口にもヌルッと差し入れ、そのまま小さな突起まで舐め上げていった。

「アアッ……！」

亜矢子が、張りのある内腿でムッチリと彼の顔を締めつけて喘ぎ、何度かビクッと股間を跳ね上げた。

「上手よ、もっと舐めて……」

上ずった声で言われ、恭太も夢中になって舌を動かした。

たちまち恭太の口の周りも鼻の頭も、大量の愛液と自分の唾液にヌルヌルになってしまった。

「ここも舐められる？　お願い……」

亜矢子が、自ら両足を浮かせて両手で抱え込み、豊かな丸いお尻を丸見えにさせてきた。

もちろん嫌ではない。毎晩性欲に悶々とし、こうすることを夢に見てきたのだ。女性の肉体に汚いところなどないと自然に思っていたし、むしろ女性の全ての部分を味わいたかった。

恭太は屈み込み、両の親指でグイッとお尻の谷間を広げてみた。

ピンク色の肛門が、細かな襞をわずかに盛り上げてキュッキュッと震えていた。

何と綺麗で可憐なツボミだろう。単なる排泄器官の末端が、こんなにも美しい必要があるのだろうかと思うほどだった。

鼻を当てて嗅いでみたが、わずかに谷間に籠った汗の匂いが淡く感じられただけだった。

唇を押し当て、チロッと舌先で触れた。

細かな襞の舌触りが心地好く、そのまま舐め回した。

「ああっ、いい子ね……、もっと奥まで……」

亜矢子が、浮かせた脚をガクガクさせ、少しでも開かせて中まで受け入れるように肛門をゆるめた。

恭太は、充分に唾液にヌメったツボミに舌を押し込んだ。

舌先が潜り込み、内部のヌルッとした粘膜に触れた。それはうっすらと甘苦いような微妙な味がした。

もちろん不潔感はなく、恭太は嬉々として内部でクチュクチュと舌を蠢かせた。

「あう！　き、気持ちいい……」

亜矢子が喘ぎ、みるみるワレメから白っぽい愛液を溢れさせてきた。

ようやく彼女が脚を下ろしたので、恭太も肛門から舌を抜き、そのままワレメ内部まで舐め上げ、大量の愛液をすすった。

「入れて……」

言いながら亜矢子は身を起こして彼の股間に顔を寄せ、今度はナマで恭太のペニスにしゃぶりついてきた。

温かく濡れた口の中に含まれ、舌で右に左に弄ばれ、恭太は危うく漏らしそうになってしまった。

それを必死に堪えるうち、亜矢子はペニスが充分に濡れたのを確かめると、すぐに口を離して再び仰向けになった。

大きく開かれた両膝の間に身を進め、屈み込んで先端をワレメに押し当てた。

しかし、なかなか位置と角度が分からず、戸惑いと焦りに喘いだ。

「落ち着いて、ここよ……」

亜矢子が指を添え、誘導してくれた。

ようやく定まり、恭太はゆっくりと股間を沈み込ませていった。

張り詰めた亀頭がヌルッと潜り込むと、あとは滑らかにヌルヌルッと根元まで吸い込まれていった。

深々と埋まり込み、股間同士がピッタリと密着した。

何という快感だろうか。それは、今までのセックスへの予想を遥かに越えた粘膜の一体感だった。

「アアッ！　いいわ……」

亜矢子が身を反らせて、下から両手を回してきた。

恭太も身を重ね、下から突き上げる亜矢子のリズムに合わせ、ズンズンと必死になって腰を突き動かした。

内部の熱さと感触は何とも心地好く、まるで恭太は全身が美女の柔肉に包み込まれたようだった。

「あう……、い、いっちゃう……！」

いくらも動かないうち、恭太はたちまち声を洩らし、宙に舞うような快感に全身を貫かれてしまっていた……。

第二章　未成熟の果実

1

「あ……、もしかして君は、理沙ちゃん……？」

恭太は、グランドの隅でひと休みしている女生徒に声をかけた。昔の面影があり、幼なじみだと確信したのである。

あれから亜矢子との濃厚な体験の後、恭太は彼女と一緒に遅い昼食をとった。

挿入して、あまりに早く漏らしてしまったことが恥ずかしく、また気まずかったが、いったん身繕いしてしまうと亜矢子も普段の女医の顔に戻り、何ごともなかったように食事した。

そして町の地図を書いてもらい、恭太はぶらぶらと高校まで歩いてきたのである。

歩いていても、恭太は、セックス体験をしたんだ、という興奮で足が雲を踏むようにフワフワしていた。

童貞でなくなったことが嬉しく誇らしく、そして亜矢子が、また頼めばいつでもしてくれるような気がして、心がウキウキしていた。

まあ、面と向かうと緊張と羞恥ばかりだが、こうして一人になると妄想が膨らみ、今度はああしよう、これもしたい、とあれこれ思ってしまうのだ。

しかし歩いているうち、またもや、行き交う人々が恭太の顔を見るたびに青ざめ、小さく頭を下げるだけで逃げるように立ち去ってしまうのが変だった。

高校は市街地の外れにあり、新築らしく鉄筋の真新しい校舎だった。

もう期末テストも終わっただろうが、こちらは恭太の高校と違って自由登校にはならず、ちゃんと午前中の授業と、午後のクラブ活動は行われているようだった。

その活動も終わり、おそらく陸上部だろう。下級生は更衣室へと戻り、理沙は一人ノンビリと芝生に座って休憩していたようだった。

しかし恭太が声をかけると、

「キャッ……！」

理沙、と思われる女生徒はいきなり立ちすくみ、悲鳴を上げて校舎の方へと逃げ去ってしまったのだ。

「……」

恭太は、その白い体操服と濃紺のブルマーの後ろ姿、ムッチリした健康的な脚の躍動をぼんやり見送るばかりだった。

（どうしてだろう……。あるいは彼女も、僕とした昔の体験を覚えていて、それで恥ずかしいんだろうか……）

恭太はグラウンドの隅に立ち、どうしようか迷った。

まあ、来る途中にあちこちの建物も確認し、他に回るところもないので帰るしかない。

するとその時、

「蒲地君ね？」

校舎から出てきた女性が声をかけてきた。

まだ二十代の前半だろう。若々しい女の先生だ。

「はい。そうです」

「聞いてるわ。転校の手続きがすんで、来学期から私のクラスに入ることが決まったの」

「え……?」

もう、そんな手配もすまされていたのだ。

「僕、まだ聞いてないんですけど」

「とにかく入って。いろいろお話ししたいの」

呼ばれて、恭太は彼女と一緒に校舎に入った。

「今日は、校長先生も学年主任も、みんな市の委員会の用事で出払っているの」

彼女は言いながら、一階にある進路指導室へと恭太を招き入れた。

「二年生の国語担当で、石室真由美《いしむろまゆみ》です。よろしく」

「蒲地恭太です」

ソファに向かい合い、あらためて自己紹介し合った。

「私はこの春大学を出て、新任でまだ八カ月めなの」

してみると、まだ二十三歳ぐらいなのだろうが、わずかに混じる関西弁のイントネーションが可憐で、表情には少女の面影さえうかがえた。

「僕、両親が死んで一人で東京に住んでるんです」

「ええ、それは聞いてるわ。でも、新しいお母さんがいらして、転校の手続きをしていったの」

「ううん……、僕、まだこの土地に住むかどうかの決心さえしていないのに」

「そうだったの。でも、一人よりは新しい家族がいた方がいいでしょう。それは、東京のお友だちと別れるのは辛いだろうけど、ここもいい所よ」

「家族と言っても、どうも普通じゃないし……」

「そう、やっぱり……」

真由美は何か知っているようだ。

「この土地で、蒲地家ってどんな立場なんですか？」

「私も、家は明石で、ここへ来たのは今年が初めてなのだけど……」

真由美は前置きしながらも、この土地のことで見聞きしたことを話してくれた。

蒲地家はこの土地を代々治めてきた領主。

維新後は山林業を興して村人の生活を潤わせ、さらに戦後は村おこしの開発事業の中心となり、村議、市議時代には全ての村人が蒲地家の恩恵を受け、その上下関係が未だに根強く残っていた。

ただ、当主が亡くなった現在では、蒲地家はひっそりと町の奥の屋敷に住まうばかりの象徴的な存在になり、若い人は徐々に蒲地家の威光からも解放されつつあるようだった。

最後の当主とは、恭太の祖父であろう。

恭太の父親は、彼を連れてこの土地を逃げ出してしまったのだから。

だから今は、血筋の後継者は恭太だけであり、それで亜津子が躍起になって探し出し、呼び戻したのだった。

「待ってよ。後継者って、僕だけじゃなく、双子の兄、玲が居るはずだけど……」

「話に聞くと、玲さんは小学校までちゃんと行っていたらしいけど、中学以降は病気療養ということで、誰も姿を見ていなかったの」

真由美は立ち上がり、部屋の隅にある電気ポットからお茶を二つ入れてくれた。スカートのお尻が丸く形良く、うっすらとショーツの線が見えた。

彼女はすぐに戻り、喉を潤した。

「僕がこの町に来たとき、僕を見た人がみんな驚いて、逃げるような態度をとっていたけど……」

「言いにくいんだけど……」

「玲が、何かしたの……？」

「噂に聞いた話だから、詳しくは知らないけど……」

「教えてください」

恭太が身を乗り出すと、やがて真由美も口を開いた。やはり土地ものでない分、話しやすいのだろう。

「誰もが、玲さんの存在を忘れていただろうけど、去年の春、事件を起こしたの」

「れ、玲が……？」

「ええ、しかも手に鎌を持った通り魔として、行き会った人たちを次々に」

「そ、そんな……」

「整った顔も、その時は鬼のようだったと言うわ。そして商店街からこの学校にも来て、女生徒が切られて……」

「で、被害者は……？」

「幸い、死者は出なかったけれど、十数人が傷ついたわ。本校の生徒も、傷よりも心のショックで、かなり事件の後遺症は尾を引いていたみたい」

「そんなこと全然、知らなかった……」

「ニュースにもならなかったはずよ。町の関係者が、全て揉み消したみたい。まだ当主が健在の頃で、市議も市警も、みんな蒲地家の恩恵を受けていたから」

それだけではないだろう。

何やら町中が、理屈も法律も越えて蒲地家を守っているみたいだ。いや、あるいは逆で、蒲地家が何か超常的な力で町を守っているから、住人もそれに応える、まるで蒲地教とでも言えるような集団心理に陥っているのかもしれない。

「それで、理沙も逃げたのか……」

「理沙って、山場《やまば》理沙さん？　私のクラスよ」

真由美が言う。

「彼女が、一番ひどい傷を負ったの。お腹を切られて……」

「え……？」

それなら、そっくりな恭太の顔を見て逃げるのも無理はなかった。

「結局その責任を取って、当主は人々に詫びると言い残し、玲さんの持っていたのと同じ鎌で割腹……」

「そ、そうだったの……」

次から次へショックな話を聞かされ、恭太は何と答えてよいか分からなかった。

「それなら、なおさらこの土地じゃ暮らせないよ……。で、玲は？」

「どこかの病院だと思うけど、亜津子さんと医院の先生以外誰も知らないわ」

と、そのとき、恭太は進路指導室のドアの隙間から、セーラー服が覗いているのに気づいた。

2

「理沙ちゃん……？」

恭太は立ち上がり、ドアを開けた。

やはり理沙だ。もう着替えて、長袖のセーラー服に身を包んでいた。

「ごめんね、さっきは。間違えて……」

理沙が言う。

どうやら、幼稚園時代の恭太を思い出したようだった。

「山場さん。もうお話は終わったから、あちこち案内してあげて。幼なじみだったんでしょう？」

真由美も立ち上がり、湯呑みを片づけながら言った。

「すみません。じゃ僕これで」

「ええ、何かあったらいつでも来て。もう、私のクラスの生徒だと思っているから」

「ありがとうございます」

恭太は一礼し、やがて理沙と一緒に学校を出た。

「僕のこと、覚えてる？」

「ええ、私のことも？」

「うん。何度も夢に見ていたよ」

「昔の、幼稚園の頃の？」

「うん」

あのドキドキする遊びのこと、思い出しただろうか。

理沙の表情からは、あまりよく分からないし、また恭太自身、あんまり図々しく彼女の顔をジロジロ見られなかった。もうセックスを体験したとはいえ、まだ数時間しか経っておらず、シャイな性格は何一つ変わっていなかった。

「私、変わった？」

「ううん、さっき見てすぐ分かったよ。全然変わってない」

セミロングの髪がふんわりと肩にかかり、昔と変わらない笑窪のある、小麦色の頬が新鮮な水蜜桃のようだった。もちろん成長しているのだが、今だに小柄で愛くるしいままだ。

濃紺に、襟と袖に白線の入ったセーラー服、白いスカーフがよく似合う。もちろんルーズソックスなどではなく、脛にぴったりフィットした純白のソックスだ。

(幼稚園時代とはいえ、こんな美少女のオシッコ姿とワレメを観察し、自分のペニスもいじられたのだ……)

恭太は思い、亜矢子に二回も絞り出されたのに、また股間がムズムズしてきてしまった。

「でもよかった。恭太くんが普通で」

本音だったのだろう。つい言ってから、理沙はハッと口を押さえた。

「ごめんね。恭太くんの兄弟なのに」

「いや、もういいの？　身体の方は」

「うん。奇蹟的だって。自分の腸が出たときは、死ぬかと思ったけど」

「うわ……！」

そんな、とんでもない重傷だったのだ。

恭太は言葉もなく、一緒に校門を出て、理沙の行くままについて歩いた。腹の傷以上に、理沙は時間をかけて、そのときのショックから明るく立ち直ったのだろう。

「幼稚園の方、行ってみる?」

「うん」

理沙が言い、恭太は頷いたが、どこを見渡しても新築の家が並んで、記憶は呼び戻されなかった。もう田畑の間の道などはないようだ。

たまに通行人が、理沙と歩いている恭太を見て目を丸くするが、すぐに恐々と会釈してきた。

玲に双子の弟がいたことは、住人はみな知っているのだろう。それでようやく、玲が出てきたのではなく、弟の方だと納得しはじめたのかもしれない。

まあ、それでも通り魔の双子だから、完全に警戒を解いたわけではないだろう。頭は下げても、声をかけてくるものはいなかった。

「事件のときのこと、聞きたいんだけど、思い出したくない?」

「別にいいわ。死んだ人はいないし」

「どんな様子だったの」

「私は体育の授業中で、校庭にいたわ。たまたま、いちばん校門に近い場所だったからだろうけど、みんなが声を上げたから振り向くと、もう、すぐお腹に」

理沙は、他人事のように言って、盲腸に近い部分を押さえた。

「それで、他の生徒も……？」

「うん、何人か腕を切られて、私がいちばん重傷だったわ。あとはよく分からないけど、先生がたが校舎から出てくると、玲さんはまた外へ出て、通行人を何人か切りつけたらしいの」

「最後は、警官が？」

「ううん。取り押さえたのは、ちょうど通りかかった巫女さん」

「え……？」

「鬼王神社の境内で、占い小屋を開いている、由良子さんていう綺麗な人」

どうやら理沙をはじめ女子高生などは、何度か彼女に占いしてもらっているのだろう。

「その人、強いの？」

「合気道やってるみたい。玲さんは、すぐに投げられて押さえつけられて」

「ふうん……」

なるほど。彼女なら、技そのものより気のパワーで暴漢ぐらい苦もなく取り押さえられそうな気がする。

それで亜津子が、由良子を嫌って名刺を破いたのだろうか。悪いのは玲なのだから、むしろ被害の拡大を阻止してもらったことを感謝すべきではないか。

あるいは由良子が、蒲地教とも言える住人の忠誠心を崩しそうな新勢力、天敵のように思われているのかもしれない。

「ここよ。覚えてる?」

やがて幼稚園に着いた。

もう園児たちは帰った後で、門の鉄柵は閉められていた。

建物も新築されているのではっきりした記憶はないが、辛うじて、庭にある大きな木を覚えていた。

「うん、何となく……」

「それで、こっちが帰り道」

理沙が、幼稚園の脇を通過して、住宅街の間を進んでいく。

なるほど、蒲地家の方向だ。途中に理沙の家もあるのだろう。家に上がった記憶はないが、何となく方向が分かってきた。

しかし、やはり思い出のあぜ道はなかった。わずかに、舗装道路の横を小さな川が流れているだけである。

「全然変わっちゃったね」

「覚えてるの？　このへん」

「うん。本当は川に沿って、草の土手があったんだけど、今は家ばっかりだ」

「……」

理沙が、何か言いかけてやめた。

ほんのりと頬が桜色に染まっている。おそらく、理沙も覚えていたのだろう。

「こっちよ。私の家」

と、理沙が路地の奥を指した。

「来る？　まだ時間あるでしょう？」

「うん、別に何の用事もないんだけど、家の人が驚くよ。僕が入っていくと」

「誰もいないわ。共稼ぎだから、夜まで私一人」

「そう……」

理沙も、まだ話していたいようだし、恭太ももっと一緒にいたかった。

誘われるまま行くことにし、やがて一軒の家の前で理沙が鍵を取り出した。

路地の奥なので、誰にも行き会わなかった。家はごく中流の二階家で、小さいが芝生の庭もあった。

理沙は恭太を招き入れ、すぐにドアを内からロックした。おそらく部屋が二階にあるため、日頃から階下は施錠しているのだろう。

理沙の後について階段を上がると、濃紺のスカートの巻き起こす風と、白いふくらはぎに、また股間がムズムズしてきてしまった。

3

理沙の部屋は六畳ほどの洋間で、奥の窓際にベッド。あとは学習机と本棚だけだった。よく清掃されているが、閉め切られた室内には、彼女自身は感じないであろう、ほんのりした思春期の女の子の匂いが籠っていた。

「男の子、この部屋に入るの初めて」

理沙が言い、ベッドの端に座った。

「いいの？　僕なんかが入って」

「うん、別に彼氏とかいないし、恭太くんのことは私、忘れたことないよ」

「でも、玲とそっくりだろう？」

「全然違うわ。私は、遠くからでもすぐ分かった。恭太くんが、急に幼稚園に来なくなって寂しかったけど、小学校に上がると玲さんが入ってきて、他のみんなは恭太くんじゃないかと思ったらしいけど、私は違うって分かってた」

「さっきは？」

「間違えたわけじゃないの。ただ何となく、びっくりして……」

理沙は、もう事件のこだわりもないように、玲についても知っている限りのことを、平気で何でも話してくれた。

小学校では、玲と理沙は六年間ずっと別々のクラスで、一緒になったことはなかったという。

それでもこの土地の殿様の家の子だ。常に噂は耳に入ってきたようだが、玲は非常に出席率が低く、仲の良い友人もいなかったようだ。

成績は、特に良くも悪くもなく、無口で問題も起こさなかったから、クラスの生徒たちも、滅多に学校に来ない目立たない生徒として、普段はあまり意識していなかったようだった。

そして中学になると、玲は全く姿を見せなくなり、数年後のある日突然あの事件を起こしたのだから、町の人々は最初それが、いったい誰なのかさえ分からなかったらしい。

「いきなり切られたとき、痛いというより、熱い感じだったわ。いっぱい溢れる自分の血がすごく熱くて、腸がはみ出たときも、自分より周りの子たちが卒倒して、私は恐いとか痛いとか思わないで、ただぼうっとしていたの」

理沙が言い、恭太はその光景を思い浮かべた。

凄惨で、どこかエロチックな感じもする。まあ、理沙がこうして生きているから思えるのかもしれないが、美少女と血と内臓、それは一生見ることのできない衝撃的な映像だったろう。

「もちろん会田先生のところでは手に負えなくて、隣町の総合病院へ運ばれたけど、奇蹟的に内臓の損傷がなくて、消毒と縫合しただけ。ほら、ここ……」

理沙は、いきなりセーラー服の裾をたくし上げ、スカートのウエストを思いきり押し下げて見せた。

「あ……」

恭太は、セーラー服の間から見える白い素肌と、そこに走るムカデのようにグロテスクな縫い目に目を見張った。

そして思わずカーペットに膝を突いて進み、彼女の腹に顔を寄せた。

「まだ痛い……？」

「もう平気よ。触っても何ともないわ」

理沙は言いながら、恭太の手を取って脇腹に導いた。

お前の双子の兄がやったことだから、目をそらさずに見ろ、という様子ではない。誰にも見せない秘密を、恥ずかしいのを我慢して、そっと恭太にだけ打ち明けるような、そんな感じだった。

恭太が手のひらを当てると、スベスベの素肌にピンク色がかった縫い目が微かに盛り上がり、脇腹からおへソ近くにまで十五センチほど、ほぼ真横に伸びていた。

おそらく鎌の刃を突き刺し、横に引いて切り裂いたのだろう。

恭太がそっと撫でていると、理沙はいつしかベッドに仰向けになってしまった。誘っているのではなく、羞恥と緊張が限界を超え、上体を起こしていられなくなったのだろう。

恭太も、そのまま彼女の腹を撫で、そっと押してみた。

この弾力ある、滑らかな肌の奥に熱い血潮が流れ、グネグネした腸が詰まっているのだ。

何やら、玲ではないが鋭い刃物で切り裂き、女体の神秘を覗いてみたい気さえしてきてしまった。

「私、変なの……」

「なにが?」

「何だか、気持ちよかったの。おなかを切られて、多くの人に見られて……、うまく言えないけどもっとイヤらしく太い腸を見てほしい、みたいな、変な気持ちだったの……」

理沙が、すっかり笑窪のある頰を上気させ、微かに息を弾ませて言った。

セーラー服の胸も、呼吸とともに悩ましく上下していた。仰向けになったため、今までさして目立たなかった膨らみが強調され、甘ったるい少女の匂いも濃くなってきたように感じられた。

あるいは理沙は、そのときの事件を思い出し、自分で都合のいいように変形させながら性的興奮を覚え、オナニーしてしまったこともあるのではないだろうか。

恭太は、東京で友人に借りたSM雑誌で、そうした女性の被虐心理や、露出願望の話を読んだことを思い出した。その本には、可哀想なヒロインを演じ、やはり内臓をまき散らして無惨な死を望むような女性の手記が載っていたはずだ。

「ね、幼稚園の帰り道の、あのときのこと覚えてる?」

恭太は、思いきって言った。

「……」

理沙は何も答えなかったが、ピクッと肌が震えて緊張した。どうやら、これは覚えているという反応のようだ。

「あのときみたいに、してもいい?」

肌を撫でながら言うと、理沙は微かに腰をクネらせて息を弾ませ、返事の代わりに目を閉じてしまった。

理沙が目を閉じると、もう遠慮なく、彼女の整った顔を見つめることができた。

さっき、美人女医の亜矢子を相手に二回も射精したというのに、もう恭太の股間は痛いほど突っ張り、目がくらむほどの興奮に包まれていた。

まあ、それでも亜矢子との体験があったから、これほど恭太も大胆に振る舞えるようになったのかもしれない。

恭太は仰向けの理沙に覆いかぶさり、近々と顔を寄せていった。

無垢な唇は、サクランボのようにぷっくりとし、わずかに開いた間から白い綺麗な歯並びが覗いていた。

弾む呼吸は鼻からだけでなく、口からも切れぎれに洩れていた。

触れるほど顔を近づけると、理沙の熱く湿り気ある吐息が感じられ、ほんのりと果実のように甘酸っぱい匂いがした。やはり亜矢子のように、化粧や口紅の匂いの混じった大人とは、違った匂いだった。

そっと唇を触れ合わせると、理沙が微かにピクッと震えた。

そのままピッタリと密着させ、ほのかな湿り気と弾力ある柔らかさを味わった。

そろそろと舌を伸ばして美少女の唇を舐め、徐々に間から差し入れていった。

おそらく、理沙にとってはこれがファーストキスだろう。

ファーストキスを体験した同じ日に、美少女のファーストキスを奪うとは、何という贅沢な巡り合わせだろうか。

亜矢子にされたように、唇の内側や歯並びを舐めていると、ようやく理沙の前歯が開かれた。

口の中は、さらに可愛らしいドキドキする芳香が満ちていた。

舌を潜り込ませ、美少女の甘く濡れた内部を隅々まで舐め回した。

「ウ……」

理沙が小さく声を洩らし、たまにチロッと舌を触れさせてきた。

間近で見る頰は、やはり亜矢子とは違い、初々しい産毛が輝いていた。

恭太は執拗に舌をからめ、理沙の甘い唾液と吐息を味わいながら、そろそろとセーラー服の胸に手のひらを這わせた。

豊かだった亜矢子より、成長途上の、やや硬い弾力が伝わってきた。

「ね、見てもいい？」

恭太は、ようやく唇を離して言い、めくれたままの制服の裾を、さらにたくし上げていった。

理沙も、恥じらいに身を硬くしながら拒まず、自らも背に手を回してブラのホックを外してくれた。

やがて完全にセーラー服が胸まで押し上げられ、ゆるんだブラの間から思春期の膨らみが二つ露出してきた。それは小さいが形よく、乳輪は肌色と紛うばかりに淡く、乳首もほとんどないかのように埋没しがちだった。

恭太は、たとえこんなに息を弾ませて興奮しているように見えても、常に乳首が勃起するものではないということを知った。

それでも胸の谷間は、さすがに陸上部のクラブ活動を終えたばかりだけに、亜矢子以上にジットリと汗ばみ、甘ったるい匂いを漂わせていた。

4

恭太は屈み込み、乳首に吸いついた。

「あん……！」

理沙が、ビクッと身体を跳ね上げて喘いだ。

恭太はもう片方も探りながら、処女の弾力を味わい、かぐわしいフェロモンで鼻腔を満たした。

舌で転がすように舐め回し、何度か優しく吸いついているうち、乳首は次第に唾液に濡れて色づき、ツンと硬く突き立ってきた。

もう片方も含んで吸い、左右とも勃起してくると、

「ああ……」

理沙の喘ぎ声がいつしか間断なく洩れてくるようになり、全身も悩ましくクネクネしはじめていた。

亜矢子にしたように、そっと歯を立ててみると、

「痛い！」

理沙がビクッと震えて言った。

「ごめんよ……」

やはり熟れた亜矢子と違い、まだ痛み混じりの快感を味わうには幼すぎ、刺激が強すぎるようだった。

さらに恭太は、欲望のおもむくまま、幼い胸の谷間に顔を埋め込み、甘ったるい汗の匂いを存分に嗅ぎながら舌を這わせた。

うっすらとしょっぱい味がし、恭太は乱れたセーラー服の間にも顔を潜り込ませ、もっと汗ばんでいる腋の下の方にまで鼻を押しつけていった。

「あん、ダメ……」

理沙が言い、くすぐったそうに腕を縮めてしまった。

いったん身を起こした恭太は、理沙の脚の方へと移動してみた。

リードされるばかりだった亜矢子と違い、今回は無垢な美少女が相手だ。まして理沙は受け身に徹しているため、恭太はどんな欲求でも羞恥を超え、ためらいなく行動できるようになっていた。

白いソックスの足首を摑み、そっと浮かせると、濃紺のスカートがめくれて、ムッチリした太腿が付け根まで覗いた。

スカートの中身は後回しだ。

恭太は、ソックスの足裏の、わずかに黒ずんだ爪先に鼻を押し当てた。

亜矢子相手だと気が引けてできなかったが、とにかく恭太は、女性の隅から隅まで味わい、匂いを知りたかったのだ。

東京では、学校の下駄箱で、クラスで一番の美少女の上履きを思わず嗅いだりしてしまったこともあった。誰に教わったわけでもなく、恭太はもともと女体の発する自然なままの匂い全てを知りたくて、そんな衝動が彼の性欲の原動力にもなっていたのだ。

「あん、ダメ、そんなこと……」

理沙が、脚をクネらせて言った。

しかし恭太は夢中で、繊維の隅々に染み込んだ、女子高生の足の匂いを胸いっぱいに嗅いだ。

両足とも嗅いでから、さらにソックスを脱がせ、今度は素足に顔を押し当てた。

可憐な理沙の肉体の中で、唯一力強く大地を踏みしめ、走り回る足の裏だ。

足裏は、さすがにスベスベの肌とは違ってやや硬く、指の股は汗と脂に生温かく湿っていた。

指の股に鼻を押し当てると、ほんのりした匂いがあった。分泌された湿り気の匂いに加え、校庭の土や革靴などの匂いの混じった、まさに女子高生の足の匂いがこれなのだ。

もう堪らずに爪先にしゃぶりつくと、

「アアッ……！」

理沙がビクッと足を引っ込めようとした。

それを押さえつけ、強引に一本一本指を含んで吸い、全ての指の股にヌルッと舌を割り込ませた。湿り気はうっすらとしょっぱく、理沙の爪先はくすぐったそうに恭太の口の中で縮こまったが、やがて充分に唾液にまみれると、彼女はグッタリと力を抜いてしまった。

恭太は両足とも念入りに舐め回し、綺麗な爪も慈しむように唾液に濡らした。

そして脚を下ろし、いよいよ滑らかな肌をたどって、両膝の間へと顔を潜り込ませていった。

濃紺のスカートの中に入り、ムッチリとした太腿の感触を頬に感じると、恭太は限りない幸福感に包まれた。

まさか自分が、セーラー服の美少女のスカートの中に顔を突っ込むなど、一生ありえないと思っていたのだ。

シャイな自分など、大学に入ってやっと彼女ができればよい方で、それさえ無理なら風俗にでも行って初体験をし、あとは見合いでもするまで女性になど縁がないと思っていたのである。

それが今、こうして十何年ぶりに再会した幼なじみの美少女の股間に、大胆に潜り込んでいるのだ。

中は薄暗く、生暖かかった。

肌の匂いだろうか、心地好い温もりが鼻腔を刺激し、股間に迫るにつれ、その熱気が濃くなってきた。

やがて終点に着き、恭太は白い下着の中心にギュッと鼻を押し当てた。

綿の繊維から、ほんのりとだが、ゾクゾクする匂いが感じられた。汗の匂いばかりではなく、思春期の女の子の分泌物も混じっているのだろう。

恭太はいったん顔を上げ、完全にスカートをめくり上げてから、下着に指をかけて引き下ろしていった。

「……」

理沙が、少しためらうように力を込めた。

「見せて、あの時みたいに」

「でも、恥ずかしい……」

「大丈夫、二人だけの秘密だから……」

恭太はなだめるように囁き、脱がせていった。

途中から理沙も力を抜いて、されるまま身を任せてしまった。

裏返った下着が両膝を通過し、やがて足首からスッポリと引き抜けた。

「ああっ……」

理沙が両手で顔を覆ってしまったので、その隙に素早く、脱がせたばかりの下着を裏返し、中心部を嗅いでしまった。

特に目立ったシミなどはなかったが、食い込みのシワのある中心部からは、はっきりと甘ったるい体臭とともに、チーズのような匂いが感じ取れた。

すぐに恭太は下着を置き、目の前の生身に顔を寄せる。

力を入れて拒みがちな両膝をこじ開け、顔を割り込ませていった。

「あん！」

熱い視線と息を感じただけで、理沙は声を上げて、恭太の顔を内腿でギュッときつく締めつけてきた。

目の前には、白い下腹から続く、ぷっくりした丘があった。

恭太は、真下の観察を後回しにし、おヘソの覗いている下腹に屈み込み、スベスベの肌に舌を這わせた。

おヘソに浅く舌を差し入れてクチュクチュ舐め、そのまま生々しい縫い目もツツーッと舌でたどっていった。

「あう……、く、くすぐったいわ……」

理沙が、顔を隠したまま小さく言った。

おヘソも縫い目も腰骨も、かなり敏感に感じるようだった。

恭太は、滑らかな下腹を舐め回してから、ようやく丘の若草に鼻を埋め込んだ。

茂みは、まだ生えはじめたばかりのように淡く、鼻をくすぐる感触も実に優しく柔らかだった。

しかし隅々には、甘ったるいミルクのような汗の匂いがタップリと籠っていた。

恭太は顔を左右に動かし、隅々にまで鼻をこすりつけるように嗅いだ。

「いい匂い……」

思わず呟くと、

「やん！　ダメ、嘘……」

理沙がビクッと反応して言った。今にも泣きだしそうな声だ。

「本当だよ」

「いや、言わないで……」

理沙は顔を覆ったまま激しく嫌々をした。

恭太はいったん顔を上げ、いよいよ美少女の股間の真下部分を観察しはじめた。

これもやはり、亜矢子のような熟れた果肉ではなく、まだ未成熟の硬い果実のようだった。わずかにワレメの縦線が一本あるきりで、ピンクの花びらも、ほんの少ししかはみ出していなかった。

恭太は、そっと指を当ててグイッと開いていった。

5

「ああッ……、は、恥ずかしい……」

触れられ、陰唇を広げられて理沙が声を震わせた。

しかし恭太は、理沙の反応よりも内部の美しさに魅せられていた。

張りのある小陰唇は、指で広げられているため、さらに張り詰めてツヤツヤと光沢を放ち、中の奥の方では、細かな襞がバラの花弁状に入り組み、処女の膣口がヒクヒク息づいていた。

内側の柔肉全体は、何とも透き通るように綺麗なピンク色だ。

やはり十何年前に見た、幼女時代のワレメとは違っている。

あれから彼女は初潮を迎え、発毛し、オナニーを覚え、肉体ばかりでなくワレメ内部の陰唇もクリトリスも成長してきたのだ。

それでも、あのときオシッコした、ポツンとした尿道口は小さなままだった。

さらにワレメ上部の、光沢のある小さな突起も確認できた。

内側全体はヌメヌメと潤い、幼い蜜が今にもトロリと溢れそうになっていた。

愛撫をする前から、あるいは恭太をこの家に誘った時から、こうなる期待と興奮に濡れはじめていたのかもしれない。

恭太は、もう我慢できずにギュッと顔を押し当ててしまった。

再び恥毛に籠った匂いを嗅ぎながら、ワレメにそろそろと舌を這わせていった。

「ああっ！　ダメ、シャワー浴びてないのに、汚いから……」

理沙が、腰を跳ね上げるように悶え、必死に言った。

しかし恭太はもう答える余裕もなく、ワレメ内部を隅々までペロペロと舐め回しはじめていた。

汗の味とは違う、ネットリとした淡い酸味混じりの蜜が、舌を心地好く濡らしてきた。

処女膜を守るヒダヒダをクチュクチュと舌先で探り、ゆっくりと小さなクリトリスまで舐め上げていった。

「あう！」

理沙が声を上げ、電気が走ったようにビクンと腰を震わせた。

「ここ、感じる？」

「知らない……」

理沙は、まだ両手で顔を隠していた。しかし、その指の間からも、それと分かるほど激しい喘ぎが忙しげに洩れていた。

確かに、クリトリスを舐めると、ワレメ内部のヌルヌルの量が格段に増していた。

恭太は、さらに彼女の脚を抱え上げ、亜矢子が求めたように、お尻の谷間にも鼻先を潜り込ませていった。

可愛らしい谷間をムッチリと開き、奥でキュッと閉じられているピンクのツボミを近々と観察した。

細かな襞が震え、鼻を押し当てると淡い汗の匂いと、そればかりではないドキドキする匂いも感じられた。

舌先で突くように触れると、

「アッ！　そこダメ……！」

理沙が弾かれたように身を震わせ、口走った。

「大丈夫だから、じっとしていて」

恭太は強引に、もがく腰を押えつけながらペロペロ舐め、充分にヌメらせてからヌルッと浅く押し込んだ。

「い、いやあん……！　やめて……」

理沙は羞恥と刺激に声を潤ませ、浮かせた脚をバタバタさせた。

あまりに締まりがよく、亜矢子ほどには潜り込ませられず、甘苦いような粘膜の味わいまでは得られなかった。

それでも執拗に内部でグネグネ舌を蠢かせてから、ようやく引き抜き、溢れた蜜をすくい取りながら、再びクリトリスまで舐め上げていった。

さらに、指を一本処女の膣口に押し当て、ズブズブと潜り込ませてみた。

「あう……」

理沙が呻き、何度か奥歯を嚙み締めて下腹に力を入れた。

指一本でもきつい感じだ。

ようやく根元まで入ると、内部の燃えるような温もりと収縮力が指を包み込んできた。

なおもクリトリスを舐め回していると、

「も、もうやめて、変になっちゃう……」

理沙が、急激に押し寄せてくるオルガスムスの波を恐れるように、切羽詰まった声で哀願してきた。

オナニー体験はあるだろうが、まだ人前での絶頂が怖いのかもしれない。

恭太は、ゆっくりと指を引き抜き、身体を起こした。

「私ばっかり、ずるいわ……」

しばらく、ハアハアと荒い呼吸を繰り返していた理沙が、小さく言った。

「今度は、恭太くんの番……」

言いながら身を起こしたが、自分から彼の股間に触れてくる勇気はないようだ。

「いいよ……」

恭太も興奮に声をひそめ、自分からズボンを脱いでいった。

さらに思いきってブリーフまで脱いでしまうと、

「寝て……」

理沙が言い、入れ代わりに恭太の身体を押しやった。

恭太は下半身丸出しのまま、理沙の甘い匂いのする枕とシーツに身を横たえた。

「すごい、こんなに……」

彼の股間を見下ろした理沙は、驚いたように小さく言った。

青筋立てて、ツヤツヤする亀頭を露出させて急角度に屹立するペニスは、幼い頃の記憶とは似ても似つかないのだろう。

兄弟のない一人っ子で、父親との入浴さえ記憶の彼方だ。まして勃起時のペニスを見る機会など、今までなかったに違いない。

それでも理沙は、おそるおそる指をのばしてきた。

そして張り詰めた亀頭にそっと触れ、撫で回し、やがて幹をやんわりと握ってきた。

理沙の手のひらは、ほんのり汗ばんで柔らかく、自由になる自分の手と違い、無邪気にニギニギされる感触は何とも心地よかった。

「先っぽから何か出てきたわ……」

理沙が呟き、指の腹でそっと拭い、ヌラヌラと動かした。オシッコでもザーメンでもなく、自分が濡れる時と似たものだという予想ぐらいついただろう。

理沙は、陰嚢にも触れ、息がかかるほど顔を寄せて観察してきた。

「ああ……」

「気持ちいい？」

「うん、でも、こうして……」

恭太は言いながら、理沙の頭に手を置き、そっと股間へと押しやった。

「……」

理沙は拒まず、そのまま屈み込んで、先端にチュッと唇を押しつけてきた。

熱い息が恥毛をくすぐり、柔らかな感触が亀頭に伝わってきた。

さらに理沙はヌラリと舌を出して先端を舐め回し、丸く開いた口でスッポリと含み込んでくれた。

若いほうが体温が高いのだろうか、ペニスは美少女の熱く濡れた口腔に包み込まれ、徐々に溢れる唾液に浸りながらヒクヒクと震えた。

理沙は、キュッと唇を締めつけて吸い、内部でもクチュクチュと舌を動かして触れてくれた。

「く……、いっちゃいそう……」

恭太は、ひとたまりもなく危うくなって言った。

「出ちゃうの？」

「うん……、入れても、いい……？」

恭太が言うと、理沙は少しためらった。

「急で、決心がつかないわ……。必ず恭太くんにあげるから、少し待って……」

理沙がすまなそうに言う。

「その代わり、このまま出しちゃってもいいわ」

理沙は、再びパクッと喉の奥まで呑み込んできた。そして歯を当てないようにモグモグし、さっきよりも大胆に内部で舌を動かしてきた。

「い、いいの……？　出しても……、あう！」

たちまち大きな快感に全身を貫かれ、恭太はガクガクと身をよじった。

「ンン……」

理沙は小さく呻き、それでも口を離さず、ドクンドクンと内部に満ちるザーメンを全て舌の上に受け止めてくれた。

「ああ……」

激しい快感の中、恭太は最後の一滴まで放出し、やがてグッタリと力を抜いた。

そしてぼんやりとした耳で、理沙の喉がゴクリと鳴るのを聞いた……。

第三章　爆乳の手触り

1

（なんだか、いろんなことがありすぎたな……）

布団に仰向けになり、恭太は天井の小さな灯りを見ながら思った。

窓は毎晩しっかりと雨戸まで閉める習慣だから、出入り口の襖も閉めると、室内は真の闇になってしまうのだ。それで恭太は、蛍光燈の小さな灯りだけは点けて寝ることにしていた。

昨日は、この町へ来たばかりで、疲れてすぐに眠ってしまったが、今夜はなかなか寝つかれなかった。

何しろ、昨日と今日では恭太の人生においても大きな違いがあるのだ。

昨日までは、キスも知らない童貞だったのが、今日は、美人女医にコンドーム越しとはいえ口内発射し、さらにセックスの手ほどきを受けたのだ。

そのうえ再会した幼なじみの理沙とも濃厚なペッティングを体験し、最後には今度こそナマで口内発射し、しかも一滴余さず飲んでもらったのだ。

一人ならともかく、二人を相手に一日でこんな体験をしてしまうなんて、世界中に自分だけかもしれないと恭太は思ったものだ。

夕方に帰宅した恭太は、亜津子と顔を合わせたが、さして会話もできなかった。

あまりの体験に頭も身体もぼうっとしていたし、そんな後ろめたい快感を見透かされるのではないかという恐れもあったのだ。

本当は、転校の手続きやら玲のことなど、聞きたいことは山ほどあるのだが、あまりに美しい亜津子は、むしろ恐ろしいという印象さえあり、なかなか腹を割って話せる雰囲気にならないのだった。

例によって夕食は一人でとり、あとは亜津子と顔を合わせないまま、こうして床に就いてしまった。

(まあ、明日は必ず言わないとな……)

勝手に転校や養子の手続きをされても困る。

それでも恭太自身、東京へ帰って一人暮らしを続けるのがいいのか、このままここの家の子になるのがいいのか、まだ決心がついていなかった。

あれこれ思ううち、やはり三度の射精と初体験の緊張で疲労していたのだろうか。間もなく恭太は、ウトウトと眠りに落ちていった……。

――どれぐらい時間が経っただろう。

ふと気づいて目を開けると、異変が起きていた。

室内が真っ暗だったのだ。だから恭太は、自分が目を開けたことすら最初は意識できなかった。

いくら目を凝らしても、真の闇が真っ黒い壁のように押し寄せてくるばかりで、その圧迫感と恐怖に恭太は身悶えた。

しかし声が出ず、身動きもできなかった。

さらに室内に、何者かの気配を感じた。

この何者かが部屋に侵入し、蛍光燈の小さな灯りを消したのだろう。

いや、何者でもない。手伝いの老夫婦が帰った真夜中、この屋敷にいるのは亜津子だけのはずなのだ。

（あ、亜津子おばさん……）

声を出そうとしても、出なかった。

頭が冴え、肉体が眠っている、いわゆる金縛り状態なのだろう。

必死に落ち着こうと努めた。すると、真っ暗な室内に、ほんのりと覚えのある甘い匂いが漂った。

やはり亜津子に違いない。

やがて亜津子が、畳をにじり寄ってくる気配がした。

布団がめくられ、急に室内の冷えた空気に包まれ、身体がひんやりとしてきた。

仰向けの恭太の帯が解かれ、浴衣が左右に開かれた。さらに、細くしなやかな指が触れて、彼のブリーフを押し下げはじめた。

拒もうにも、あるいは腰を浮かせて手伝おうにも、身体が一切動かなかった。

しかも真の闇のため、いつまで経っても目が馴れない。この闇の中で、亜津子は見えているのだろうか。

時間をかけ、ようやくブリーフが両の足首からスッポリと引き抜かれてしまった。

裸の胸や腹に、亜津子の温かく柔らかな手のひらが這いまわってきた。

「恭太……」

すぐ間近で、亜津子の囁きがして、熱く甘い息が顔にかかってきた。

そして、懸命に何か答えようとする恭太の唇が、ピッタリと柔らかなもので塞がれた。

甘い息が鼻腔に籠って、恭太の頭まで痺れさせてきた。

舌が伸び、彼の唇を舐め、さらに内部にまで侵入してくる。

辛うじて前歯を開くと、長い舌は奥まで潜り込んで、恭太の口の中を隅々までヌラヌラと舐め回しはじめた。

柔らかく濡れた亜津子の舌は、何か別の軟体動物のように蠢き、時には喉の奥にまで入ってきそうなほど異常に長かった。

母親だと言いながら、こうして淫らな行為に及んでいる。亜津子だって、恭太が目を覚ましていることぐらい気づいているだろう。

あるいは真っ暗ということで、あとで訊いても知らんぷりするのだろうか。

恭太が、美しき叔母の甘い吐息と唾液にすっかり酔い痴れた頃、ようやく唇が、ピチャッと微かな音を立てて離れた。

しかしそのまま、亜津子は舌を伸ばして彼の頬や鼻を舐め上げ、彼の顔じゅうを熱い唾液でヌルヌルにしてきた。

（ああ……）

恭太は、甘酸っぱい芳香に包まれて、心の中で喘いだ。

もう金縛りでなくても、魂を抜き取られたように全身がぼうっとなり、動けなくなってしまった。

亜津子も寝間着姿なのだろう。たまに衣の感触が肌に触れてきた。

そして日頃アップにしている髪を下ろしているのか、長く柔らかなものがサラリと肌に触れ、しなやかに揺れるたびに洗い髪の香りがふんわりと漂った。

亜津子は、舌の触れない部分がなくなるほど舐め回してから、やがて恭太の耳から首筋を這い下り、胸へと移動していった。

愛撫というより、まるで恭太の全身が、美味しくて堪らないかのように、亜津子は黙々と、上から順々に舌を這わせてきた。

両の乳首を舐め、肩から腕の方までゆっくりとたどり、手の指まで一本一本吸いついてくれた。

両腕とも同じようにしてから、再び胸から腹まで舐め下り、下腹部からペニスへと熱い息が吐きかけられた。

亀頭をしゃぶり、喉の奥まで呑み込んでからスポンと離し、陰嚢にもまんべんなく舌を這い回らせた。これも愛撫ではなく、ひと通り舌を這わせるだけで満足したように、執拗にとどまることなく太腿へと移っていった。

やがて亜津子が、キュッと恭太の内腿に歯を立ててきた。

(く……!)

恭太はビクッと反応し、甘美な痛みに身をよじった。

亜津子は、左右の内腿を舐めたり噛んだりしながら脛へと下り、とうとう足首から爪先へと舐めていった。

そして爪先にスッポリしゃぶりつくと、そこで異変が起こった。

亜津子が、大きく口を開いて、そのままモグモグと恭太の爪先を喉の奥まで呑み込みはじめたのだ。

(え……?)

爪先が喉のヌルッとした粘膜に触れ、さらに食道の方に潜り込んでいく。

苦しくないのだろうか。いや、それ以前に、こんなに口が大きく開くものなのだろうか。

まさか卵を飲む蛇のように、亜津子は顎の関節が自在に外せ、信じられないほど大きく口が開くのだろうか。

美しい亜津子の面影に、そんな突拍子もない想像を加え、恭太は思わずゾッと背筋を寒くさせた。

いや、その想像は当たっているのかもしれない。

そうする間にも、恭太の足は亜津子の喉の奥深くに入ってしまい、なおも彼女はモグモグと口を動かしながら、彼の脛から膝まで呑み込もうとしているのだ。

このまま恭太の全身を呑み込もうとしているのではないだろうか。

やがて爪先が、熱く燃えるような粘液にどっぷりと浸り込んだ。まさか、胃の中に達してしまったのだろうか。

実際、爪先が強烈な酸にピリピリとシミはじめたではないか。

(と、溶けちゃうよお……！)

恭太は心の中で叫び、あまりの甘美な快感と恐怖に、とうとうそのまま気を失ってしまった……。

2

「手続きが、全て終了しました。今日から正式に、私はあなたの母親です」

顔を洗った恭太が、朝食をとろうと食堂にいくと、珍しく亜津子が来ていて無表情に言った。

今日も亜津子は、きっちりと品の良い色合いの和服を着こなし、能面の小面《こおもて》のように切れ長の眼差しでじっと恭太を正面から見ていた。

昨夜の出来事が夢だったのか現実だったのか、それは分からない。

気がついたら朝だったのだ。もちろん問い質《ただ》しても、亜津子は何も言ってくれないに違いなかった。

「そ、そんな……、僕まだ決心してないです」

「あなたはまだ未成年です。まして両親がいないのだから、私がいちばん近しい血縁の者です。言うとおりになさい」

「……」

「それから学校ですが、正式には来年の三学期からの転入ですが、年内も終業式まで授業が行われるので、少しでも早く馴れるように登校してもよいとの校長先生からのお話でした。それは好きなように。では」

うむを言わせぬ感じでピシャリと言い放ち、すぐに亜津子は食堂から出ていった。

（弱ったなあ……）

そう思いながらも恭太は、何に弱ったのか自分でもよく分からなかった。

東京での暮らしに不自由があったわけではないが、何が何でもしがみついていなければならない理由もない。

かといって、自分そっくりの兄が事件を起こしたこの町で、うまくやっていけるのだろうか。

まあ、あと一年と少し我慢して、高校を出てしまえば、また東京の大学に進学し、一人暮らしすることも可能なのだろうが。

やがて賄いのおセキさんがやってきたので、恭太は朝食をとり、その後にブラリと外へ出た。

理沙に会いたかったが、今日すぐに登校するつもりはない。

今日は図書館にでも行って、この町や蒲地家のことを、もう少しよく調べてみようと思った。

それで、せっかく歩いていったが、残念ながら図書館は休みだった。

仕方なく、そのままバスターミナルへと行ってみた。

勝手に東京へ帰るつもりはないが、何となく時間表でも見て、いつでも帰れるのだという安心を得たかったのかもしれない。

相変わらず、行き会う人々は恭太を避けるようにし、少し離れたところから会釈してくるだけだった。

「あ、いま故障中です」

バス時刻表のある小さな営業所の前に行ってみると、すぐに職員がやってきて、自動券売機の前に立ちはだかった。

「え……？　さっきの人はちゃんと買ってたじゃないですか」

実際、もうローカル線の駅へと向かうバスが、発車するばかりになってエンジンを吹かしていた。

「とにかく、今は使えないんです」

初老の職員が、頑《かたく》なに言った。

「じゃ直接買えばいいんですね？」

別にバスに乗るつもりはなかったが、あまりに職員の態度が異常なので、恭太はそう言ってみた。

「それもダメです」

「ひょっとして蒲地家の人に何か言われているんですか？　僕に切符を売らないように、とか」

恭太が言うと、職員は恐縮したように何度も頭を下げた。

「すみません。勘弁して下さい。とにかく、ダメなんです」

「はあ……」

よほど亜津子か蒲地家に借りでもあるのか、職員は青ざめながらも券売機の前から退こうとはしなかった。

まあ乗るつもりはなかったし、彼が可哀想に思えてきたので、恭太は怪訝な思いを隠せないまま、バスターミナルから離れていった。

通行人たちが、恭太と職員のやりとりを遠巻きに眺めていたようだが、恭太が振り向くと、みな何事もなかったかのように思い思いの方角に歩きはじめていた。

どうやら、勝手にこの町を出られないようになっているようだった。

この土地での蒲地家の力をかいま見た思いだったが、どうせ近々一度東京へ帰らせてもらうつもりなので、それほどの不安はまだ感じなかった。

恭太は、どこへ行こうかと迷ったが、ふと商店街の間にある鳥居が目に入った。

石の鳥居の柱には、『鬼王神社』と彫られている。

（そうだ、あの巫女さんなら、蒲地家の詳しいことも知っているかもしれない……）

恭太は道路を渡り、参道へと入ろうとした。

すると傍らに車が停まり、

「恭太くん。そっち行っちゃダメ」

声がして呼び止められた。

振り返ると、白衣姿の亜矢子だ。看護婦は乗っておらず、彼女一人だ。

「どうして？」

「どうしてでも。乗りなさい」

言われて、恭太は仕方なく助手席に乗り込んだ。

すぐに車はスタートし、商店街を走り抜けた。

「どこへ行くの？」

「往診が終わったから、ドライブしましょう」

車は蒲地への裏にある山に向かい、中腹にある寺を越えて、さらに頂上まで上っていった。

頂上には、小さな駐車場と飲み物の自動販売機などがあり、さらにコンクリート製の小高い展望台なども備えられていた。町じゅうが一望できるいい景色だが、平日の昼前で、他には誰もいない。

「いい気持ち」

亜矢子が町を見下ろして伸びをした。

そして恭太を振り返って、いきなり手を握ってきた。

栗色の髪がなびき、彼女の眼鏡に、青空をバックに恭太自身の影が映った。

「こっち」

そのまま亜矢子は恭太の手を引いて、細い山道を下りはじめた。

手を握られたので、恭太はチラと淫らな気配を感じたのだが、実際はさらに別の場所へ案内するつもりのようだった。

山道といっても、割に整備され、それほど急でもなかった。

間もなく広い場所に出た。ちょうど、真下に蒲地家の広大な瓦屋根群が見えている。

その広場に、古めかしい能楽堂があった。無人だが、祭などの時は人々が集まって賑わうのだろう。

さらに亜矢子は、恭太を能楽堂の裏に誘った。

そこには立派な社《やしろ》があった。

「これが、この土地の、そして蒲地家の守り神」

「え……？」

「いま、ここの鍵を持っているのは私と亜津子さんだけ」

亜矢子は言いながら社の階段を上り、恭太も従った。

彼女が鍵を開けると、木の扉が観音開きになった。さらに中にも引き戸があり、それを開くと、奥に古い木箱が安置されていた。

亜矢子はうやうやしく捧げ持ち、紐を解き、蓋を明けた。

中には、布に包まれた頭蓋骨が一つ。しかし、あまりに古く、恭太は最初それは作り物の面かと思ったほどだ。

何しろ、その頭蓋骨の頭には、二本の角があったのだから。

「うわ……、何これ……」

「これが、蒲地家の開祖の骨と言われているわ」

「だ、だって、これは、鬼……」

「昔話の鬼という生き物がもともといたのか、それとも異星人が降りてきて地球人との混血を作ったのか、それは分からないわ」

「そ、そんな……」

あまりに突拍子もない話ばかりで、恭太はわけが分からず頭が混乱してきた。

亜矢子の捧げ持つ頭蓋骨の虚ろな眼窩が、じっと恭太を見つめていた。しかしどうしても、視線が頭の角に行ってしまう。

「実は蒲地家の人間には、不思議な力が備わっていたの。この土地だけ、嵐や洪水が起こらず、どんな飢饉《ききん》の時にもこの土地だけ作物が実ったわ。村人は、蒲地家そのものを村の守り神として畏怖してきた」

やがて亜矢子が、元通り頭蓋骨を布でくるみ、木箱に戻した。紐を結んで安置し、社の戸も閉めて施錠した。

「それなのに、鬼を退治した家系の者が、この町に住みついた。町の人は気づいていないけど、私と亜津子さんにはすぐ分かった。それが、仁枝家」

「あの巫女さんの……」

二人は社の階段を下りた。

そして能楽堂の舞台に、二人並んで座った。

だんだん土地のことが分かってきたが、まだ恭太は戸惑い、混乱するばかりだった。

3

「あ、亜津子おばさんって、ひょっとして妖怪の仲間……？」

言ってから、恭太はあまりのバカバカしさに自分で苦笑してしまった。

「そうかもね、何かされた？」

しかし亜矢子は笑いもせず、隣の恭太の目を覗き込んできた。

「い、いえ、別に……」

「たぶん、恭太くんのこと、ものすごく気に入っているわよ。玲とは、あまりうまくいっていなかったようだけど」

「そうなの？」

さらに恭太が何か訊こうとしたが、亜矢子が彼の頬に手のひらを当てて、近々と顔を寄せてきた。

「忘れないで。亜津子さんが妖怪なら、この私もそうなのよ」

「……」

甘い息がかかるほど間近で囁かれ、やがてピッタリと唇が重なってきた。

もう何も言えない。恭太は甘い匂いにうっとりと酔い痴れ、すうっと全身から力が抜けていってしまった。

すぐにヌルッと舌が入ってきて、恭太も前歯を開いて受け入れた。

クチュクチュと舌をからませ合ううち、亜矢子の手のひらがそっと彼のズボンの強ばりに触れてきた。

もちろん、すっかり内部では若いジュニアがピンピンに痛いほど突っ張っていた。

充分に互いの口の中を舐め合ってから、亜矢子が口を離し、恭太の股間のファスナーを下ろしてきた。

やがてブリーフの間から、勃起したペニスが引っ張り出され、そこへ亜矢子が屈み込んでいった。

幹を握ってペロペロと亀頭を舐め回してから、スッポリと喉の奥まで呑み込んできた。

風が吹き、ザワザワと木々の葉が鳴った。

薄寒い屋外で、ペニスだけが温かく心地好い空間に包み込まれ、柔らかく濡れた舌に翻弄されていた。

たちまちペニス全体は女医の清らかな唾液にまみれ、何度も吸われてはスポンと口が離れ、恭太自身は最大限に容積を増していった。

やがて彼が達してしまう前に口を離し、亜矢子は裾をめくってパンストと下着を脱ぎ、能楽堂の舞台の端に仰向けになった。

「舐めて……」

ストレートに言われ、恭太はドキンと胸を高鳴らせながら、彼女の股間に屈み込んでいった。

白くムッチリとした内腿の間では、黒々と艶のある茂みと、ヨダレを垂らして息づく柔肉が待っていた。顔を埋め込むと、悩ましい匂いと温もりが恭太の顔じゅうを包み込んできた。

昨日に続き、今日も美人女医のワレメに顔を押し当てている。

そんな状況が不思議でならないが、次第に恭太は何も考えられなくなって、欲望と興奮だけに専念していった。

柔らかな恥毛に鼻をこすりつけて、熟れた体臭を嗅ぎ、熱い愛液の溢れるワレメ内部に舌を這い回らせた。

「アアッ……、気持ちいい……」

亜矢子が恭太の顔をキュッ挟みつけながら喘ぎ、ガクガクと股間を上下させた。

新たな愛液は、乾くことなく恭太の舌をヌメらせ、ツンと勃起したクリトリスは貪欲に快感を求めて下から突き上げられた。

恭太は夢中になって舐め続け、愛液をすすった。

やがて亜矢子が自ら両足を浮かせて抱え上げ、形よく色っぽいお尻も突き出してきた。

恭太は、その谷間にも鼻先を潜り込ませ、ほのかな汗の匂いを味わった。

そして、理沙は恥ずかしがって嫌がったツボミを、激しく舐め回した。

「いいわ、もっと奥まで……！」

亜矢子が、キュッキュッと肛門を収縮させ、少しでも奥まで受け入れようとして括約筋をゆるめた。

恭太も、懸命に舌を潜り込ませ、ヌルッとした内部の粘膜を味わい続けた。

いつしか亜矢子は、肛門の愛撫を恭太に任せながら、自らクリトリスを激しく指でこすっていた。

白っぽく濁った大量の愛液は、とうとうワレメから溢れて肛門の方にまで伝い流れてきた。

「い、いきそう……」

亜矢子が口走り、やがて恭太の顔を股間から突き離した。

そして身を起こし、入れ代わるように恭太を仰向けにさせて、その股間に跨ってきた。

「いい？　なるべく我慢するのよ」

とろんとした眼差しで見下ろし、ペニスの先端をワレメに押し当て、ゆっくりと股間を沈み込ませてきた。

「アアーッ……！」

ヌルヌルッと貫かれながら座り込むと、亜矢子は激しく喘ぎはじめた。

ペニスは完全に柔肉の奥に没して見えなくなり、互いの恥毛が密着した。

恭太は、熱く濡れた膣内に包まれ、必死に絶頂をこらえていた。

亜矢子は恭太の胸に両手を突いて上体を支えながら、自ら小刻みに股間を上下させた。

動くたび、ピチャクチャと湿った音がして、溢れた愛液が恭太の陰嚢や内腿までもベットリと濡らしてきた。

さらに亜矢子は白衣の胸を開き、豊かな膨らみをはみ出させてきた。

そのまま屈み込んで、胸を突き出す。

恭太も顔を上げ、左右の乳首に吸いついた。

「あう！　気持ちいい……、噛んで……」

言われて、恭太はコリコリ噛んで愛撫しながら、自分からも股間を突き上げた。

「く……、いっちゃう……！」

亜矢子が上体を起こしていられなくなったのか、完全に恭太に重なってきた。

そして彼の耳元に熱く甘い息を吐きかけながら、ジワジワと高まっていった。

「若い男の子、大好き……。このまま、食べてしまいたい……」

言いながら、亜矢子はキュッと彼の耳たぶに噛みつき、そのままヒクヒクと全身を痙攣させはじめた。

どうやらオルガスムスの波が押し寄せてきたのだろう。

恭太の方も、もう亜矢子の観察どころではない。悩ましくキュッキュッと収縮する膣内で揉みくちゃにされ、とうとう絶頂に達してしまった。

「ああっ、いく……！」

恭太も短く口走り、クネクネと快感に身悶えながらドクンドクンと大量のザーメンを放出した。

「あうーっ……、すごい、感じる、熱いわ……！」

亜矢子は、膣の奥にザーメンの直撃を感じ、ダメ押しの快感を得たように股間をクネらせた。

やがて恭太は最後の一滴まで絞り出すと、グッタリと力を抜いた。

亜矢子も動きを止め、恭太の耳元でハアハア熱い呼吸を繰り返しながら、うっとりと快感の余韻に浸りはじめたようだ。

恭太は重なったまま、亜矢子に囁きかけた。

「亜津子おばさんも、若い男の子が好きなの？」

「そうよ……」

亜矢子が小さく答え、まだ入ったままのペニスが、思い出したようにギュッと締めつけられた。

「私たち、三十ぐらいまで、セックスになんか何の興味もなかった……。けど今は、君ぐらいの若い子が欲しくてたまらないの。どうしてだか分からないけど、二十歳過ぎの男には何も感じない……」

亜矢子は呟くように言い、やがてノロノロと身体を起こしていった。

恭太は、心地好い疲労感の中、ぼんやりと亜津子のことを思った。

やはり昨夜のことは夢ではなく、亜津子は、恭太の寝室に来たのだろう。

ただ、その後の出来事、亜津子に呑み込まれていく感覚だけは、いったい何なのか、いくら考えても分からなかった。

4

夜、恭太はそろそろと自分の布団を抜け出した。

どうせ、どこも雨戸が閉ざされて真っ暗だろうと思い、ペンライトを手にした。

ひんやりとした廊下を素足で歩いたが、緊張と興奮のせいで、さして寒さは感じなかった。

毎日、亜津子は何をして過ごしているのだろう。

買い物はおセキさんがしているし、車も自転車もなく、先日の墓参り以外は外出している様子もなかった。

恭太は、彼女の部屋も知らない。

まして尋ねようにも、昼間もろくに会えないことが多いのである。

それに昨夜のこともある。自分が寝静まってから、真っ暗な部屋に来られる前に、自分の方から亜津子の部屋を訪ねて昨夜のことも訊いてみたかった。

それにしても、広い屋敷だ。

いったい何度廊下の角を曲がっただろう。

次々に、障子や襖を開けてみたが、どこもがらんとして、何も使われていない部屋が多く、あるいは納戸代わりになって行李や古家具が積み上げられているばかりだった。

と、そのとき、奥でバタンと戸の閉まる音がした。

耳を澄ませると、続いて衣擦れの音がする。

どうやら亜津子がトイレを出て、寝室に戻るところなのだろう。

この屋敷にトイレは二カ所あるようだ。

恭太の部屋の近くには改築されたばかりの、洋式水洗で、しかもウォシュレット付きの最新式トイレがあった。

おセキさんの話では、もう一つ、昔ながらの汲み取りで、旧式の広いご不浄もあるということだ。

いま亜津子が出てきたのは、そちらからなのだろう。

恭太は、足音の方へ進んでみた。

やがて、襖の閉まる音がする。

ここだろうと見当をつけ、そろそろと襖を開けてみると、ちょうど亜津子が灯りを消し、布団に入ろうとしたところだった。

「どうしたの」

亜津子が、暗い部屋で驚きもせずに言う。

布団の上で半身起こし、じっとこちらを見る姿が、ペンライトの弱い光に照らされて浮かび上がっていた。

「あ、あんまり静かで眠れないから……、ね、一緒に寝てもいい？」

「ダメよ。何を言ってるの。もう子供じゃないでしょう」

亜津子は、冷たく言い放った。

黒髪を下ろすと、背の半ばほどまであり、また違った印象があった。単衣《ひとえ》の寝間着が白いから、何やら幽霊じみて見えるが、こんなに豊満で美しい幽霊なら大歓迎だった。

「だって、今日から母親だって言ったじゃないか」

恭太は言いながら部屋に入って襖を閉め、素早く亜津子の布団に潜り込んでしまった。

亜津子も、もうそれ以上何も言わず、一人用の布団の中で少しだけ移動し、横になってきた。

恭太はペンライトを消し、亜津子の右側で、身体をくっつけた。

さらに、彼女が拒んだりしないので、亜津子の右手を枕に、顔まで彼女の腋にピッタリと押しつけた。

(なんだ、おばさんだって灯りをつけて寝るんじゃないか)

恭太は思った。

ペンライトを消しても、室内がぼうっと薄明るいので、よく見ると枕許のスタンドの、小さな電球だけ点けっぱなしにされていた。

恭太は密着しながら、完全に左向きになり、右手まで亜津子の身体に回して抱きついた。

寝間着は、洗ったばかりの清潔な香りで、その隙間から感じられるのは、湯上がりの肌の匂いだった。

ムクムクと勃起しながらも、恭太の胸には性欲と、ただこうして甘えていたいという甘酸っぱい気持ちの両方があった。

見上げると、仰向けの亜津子の顔が闇にぼうっと浮かび上がっていた。

昨夜のような淫らな思いはないのか、目を閉じ、じっとしていた。

恭太は、彼女の腋から顔を見上げながら、そっと手をのばし、亜津子の頬に触れてみた。

「……」

亜津子は、子猫が触れたほどにも感じないように、何も反応しなかった。

頬はスベスベで、スラリと鼻筋が通っている。湯上がりで、当然素顔なのだろうが肉づきのよい唇は濡れ濡れと赤く、頬もほんのりと赤みが射していた。

恭太は、そっと唇に触れてみた。柔らかく、弾力ある感触だ。

この形よい口と、品良く丸く肉のついたこの顎が、大蛇のように何倍にも大きく開くのだろうか。

「何をしているの」

「ゆうべのこと……」

「え……？」

「僕を、呑もうとしたでしょう」

「夢を見たのね」

「そうかもしれないけど……」

確かに、朝起きたときは、寝間着の帯もきっちり元通りになっていた。

「ねえ、こっちを向いて」

言うと、亜津子はしばらく動かず、やがてようやくゆっくりとこちらに身体を向けてくれた。

すぐ目の上に、亜津子の整った顔があった。

彼女の唇がわずかに開かれ、小さく吐息が洩れて恭太の顔を撫でた。それは生暖かく、湿り気を含み、ほんのりと甘い匂いがした。

恭太は、少しはだけた彼女の胸元に手を入れ、さらにくつろげていった。

今まで、冷たくて素っ気なくて、やけにとっつきにくい印象のある叔母だったが、今の恭太はすっかりフラフラと酔い痴れてしまい、何ものかに突き動かされるように、大胆に行動していた。

それは、亜矢子や理沙で女体を知ったという自信ではなく、言うなれば、夜の魔力が恭太を動かしているようだった。

胸元が開かれ、何とも豊かな膨らみがはみ出してきた。

亜矢子より大きい。巨乳というより爆乳だ。普段、和服ばかりで締めつけられていたせいで、ちっとも気づかなかったのだろう。

恭太は顔を押しつけ、やや大きめの乳首に吸いついた。

「あう……」

亜津子が小さく声を洩らし、ビクッと身体を強ばらせて反応した。

そのまま恭太の顔を抱き締め、ギュッと力を入れてきた。

亜矢子同様、子どもを産んでいない乳首は初々しく淡い色合いで、それが舌で転がされ唾液に濡れながら、次第にコリコリと硬く勃起して色づいてきた。

巨乳の谷間から、あるいは乱れた寝間着の奥、腋の下の方から、湯上がりの匂いに混じって、亜津子本来の熟れた体臭が少しずつ漂いはじめていた。

恭太は強く吸い、何度も柔らかな膨らみに顔を埋め込み、甘い匂いを貪った。

もう片方の乳首も含み、唇に挟んで引っ張り、さらにそっと歯を立ててコリコリと愛撫した。

「く……！」

亜津子は、懸命に喘ぎを押さえ、奥歯を噛み締めていた。

乳首を吸いながら恭太は、ソロソロと亜津子の裾の方へと手をのばしていった。

しかし、ムッチリとした滑らかな太腿に指が触れた途端、

「ダメよ。触っていいのは、オッパイから上だけ」

亜津子が、彼のその手を制しながら小さく言った。

「どうして？」

「今日から親子だから。それに、甘えるのも今日だけよ」

どうやら亜津子は、キッチリとけじめをつけたいようだった。

昨夜の出来事が、もし夢ではなかったとすると、亜津子はまだ親子ではない時期に恭太に触れ、存分に肉体を観察したのだろうか。

「さあ、もう寝なさい。私も眠いわ」

亜津子は言い、恭太を抱き締め、髪を撫ぜながら力を抜いた。

しばらく恭太が、巨乳に顔を埋めながらじっとしていると、間もなく亜津子の、規則正しい軽やかな寝息が聞こえてきた。

恭太はまだ眠くなく、ますます目が冴えてしまった。

もうしばらく亜津子の巨乳を弄び、甘ったるい肌の匂いで胸を満たしていたかった。

5

やがてそろそろと伸び上がり、形よい口から洩れる吐息を求めていった。

規則正しい息は、鼻からと、わずかに開いた口からも洩れていた。本当に眠っているのかどうかは分からない。

鼻からより、口からの方が熱気と湿り気が多く、甘い匂いも濃かった。

恭太は近々と顔を寄せ、そっと指で唇を開いてみた。

白く綺麗な歯並びと、ピンク色に引き締まった歯茎が見え、どちらも唾液にヌラリと潤っていた。

そのまま唇を重ね、亜津子が目を開けないので、舌も差し入れてみた。

まだ恭太自身が納得したわけではないが、一応法律上は母親だ。

その女性にキスするのは、単に性的な興奮よりも、背徳の快感の方が大きかった。

まあ義母とはいえ、実際にも叔母という血縁関係にある人なのだ。

亜津子の兄である、恭太の父親もいい男だったし、母親も参観日には評判になるほどの美人だったが、もちろんいかに性欲満々の時期だろうとも寝ている実母にキスしようなどと思ったことはなかった。

それが今、こうして実行している。

今後一生、自分の母親として生きていく人かもしれないのに、今の恭太は、新しい家族というよりは禁断の性欲の方が勝っていた。

舌で滑らかな歯並びをたどり、少しでも多く亜津子のヌメリを吸い取ろうとした。

亜津子は目を開けず、前歯も開いてくれなかった。

それでも恭太は、充分に舌を這わせて義母の唇を味わい、再び布団の中に潜り込んでいった。

どうせ寝たふりを続けるのなら、もう拒まれないだろうと、ペンライトをつけて布団の中を探検しはじめた。

布団の内部は、まるで柔らかな洞窟のようだ。

亜津子の寝間着の裾を左右に開くと、ペンライトの光の中に、スラリとした白い脚が現われた。

(……!)

それは何とも、ゴクリと生唾を呑むほどに美しく色っぽい脚だった。

まあ、日頃から和服だから、今まで脚を見る機会などなかったが、これほど美しいとは思わなかった。

長さも形よさも充分だが、太腿のムッチリした量感は、さすがに脂の乗った熟女のものだった。太腿は透けるように色白で、実際うっすらと薄紫の静脈が透けて見えていた。

恭太は照らしながら彼女の爪先の方まで移動し、顔を寄せて観察した。

素足も、普段は足袋を履いているから見るのは初めてだ。

足裏は驚くほど柔らかだったが、やはり和服での正座が多いためか、足の甲の部分に座りダコのような硬い部分があり、これは新鮮だった。

光を受けた爪がツヤツヤと輝き、もう我慢できずに恭太はパクッとしゃぶりついてしまった。

湯上がりのため、味も匂いも薄いが、足の裏や指の股を舐めているのは心地好かった。

恭太は、彼女の両脚とも存分に舐め回したが、それでも亜津子はピクリとも動かず、されるに任せていた。

やがて恭太は滑らかな脛やふくらはぎを舐め上げ、大きく開かせて亜津子の股間に顔を割り込ませていった。

何と、亜津子はショーツを着けていなかった。

まあ湯上がりだし、寝間着なので着けない習慣なのだろうか。

だから張りのある内腿の真ん中を照らすと、亜津子の神秘の部分が丸見えになってしまった。

色白の肌をバックに、黒々と艶のある恥毛が何とも色っぽく茂っていた。

ワレメからも、綺麗なピンクの花びらがはみ出し、肌の匂いが熱気とともに籠っていた。

恭太は、たまに布団を浮かせて新鮮な空気を取り入れながら、そっとワレメに指を当てて左右に開いた。

内部の、ヌメヌメする果肉が覗いた。

悩ましく息づく膣口周辺はヌルヌルと潤い、やや大きめのクリトリスは、よく見ると、ちゃんと亀頭のミニチュア型をしていた。

そのまま顔を押し当て、柔らかな恥毛に顔をくすぐられながら、淡い匂いを胸いっぱいに吸い込んだ。

唇を押しつけ、舌を伸ばしていった。

ワレメ表面から、はみ出した陰唇を舐め、徐々に奥へと差し入れる。

どこも柔らかな舌触りで、熱いヌメリはうっすらとした酸味が感じられた。

膣口に舌を差し入れてクチュクチュ掻き回し、ゆっくりと大きめのクリトリスまで舐め上げていくと、

「う……！」

小さく亜津子が呻き、ビクッと内腿が震えた。

やはり感じているのだと思うと嬉しくなり、恭太は舌先を執拗にクリトリスに集中させた。

すると亜津子の内腿の締めつけが激しくなり、腰を浮かせて身をよじってきた。

とうとう恭太の顔を挟んだまま、ゴロリと横向きになり、恭太もようやく股間から這い出してきた。

しかし彼女が横向きになったため、今度は目の前に亜津子のお尻が迫っていた。

これも亜矢子より豊満で、何ともボリューム満点の双丘だ。

この爆乳と大きなお尻だけでも、亜津子を新しいママとして認めたい気持ちになった。

恭太は谷間をムッチリと開き、艶めかしいピンクのツボミに光を当てた。

ひっそりと閉じられた肛門は、細かな襞を揃え、わずかにレモンの先のようにお肉を盛り上げて息づいていた。

こんな美女でも、ちゃんと排泄する証拠だ。

恭太は鼻を押し当てて嗅いでみたが、やはりほのかな湯上がりの香りに、ほんの少し汗の匂いが混じって感じられただけだった。

舌先で触れ、細かな襞の感触を味わった。

ペロペロと小刻みに舐め回し、やがて充分に唾液にヌメってから、強く舌先を押しつけヌルッと潜り込ませた。

やはり内側は、肌や襞の部分とは違う、ヌメリある粘膜の舌触りだった。

奥でもクネクネと舌を動かすうち、真下からわずかに覗くワレメが、さらにヌルヌルしてくるのが分かった。

恭太も、激しく勃起し続け、もう我慢できなくなっていた。

亜津子の肛門を舐め続け、やがてやんわりと彼女を再び仰向けにさせてワレメを舐めながら、溢れる熱い愛液をすすった。

そして布団の中で下着を脱ぎ捨て、そのまま仰向けの亜津子の上にのしかかっていった。

まだ馴れているとは言えないが、何とか先端をワレメに押し当てると、特に亜矢子のように誘導されなくても、張り詰めた亀頭がヌルッと潜り込んでくれた。

先端が入ってしまうと、あとはヌルヌルッと自然に吸い込まれていくように、たちまちペニスは根元まで埋まり込んでしまった。

「く……！」

恭太は思わず呻いた。

何という心地好い柔肉だろう。中は燃えるように熱く、キュッと締めつけてくる収縮が最高だった。

初めて、自分から女体を征服した気分だった。亜津子はじっと眼を閉じながらも、すっかり熱く呼吸を弾ませていた。

深々と押し込んだままグリグリと股間を動かすと、亜津子の恥骨のコリコリが感じられ、内部のベットリしたヌメリがペニスを優しく包み込んできた。

身を重ねると、胸の下では爆乳がクッションのように弾み、恭太はいくらも動かないうち、急激に高まってきた。

「あう……」

目を閉じたまま、亜津子が小さく呻いたが、それでも身を投げ出したまま両手も回さず、あくまでも昨夜の恭太のように身動き一つしなかった。

恭太はぎこちないながら、ズンズンと腰を突き動かし、粘膜の摩擦と亜津子の甘い吐息を感じながら、とうとう絶頂の快感に貫かれてしまった。

「ああッ！　き、気持ちいい……！」

恭太は亜津子にしがみつきながら口走り、熱い大量のザーメンをドクンドクンと心ゆくまで噴出させた。

女体を知るごとに、セックスとは何と素晴らしいものだろうと思い、相手によって快感や感動の種類も違うのだということが分かった。

やがて最後の一滴まで放出し、恭太は義母の柔肌の上で動きを止め、うっとりと快感の余韻に浸った……。

第四章　先生のショーツ

1

「あ、確か石室先生……」

「あら」

恭太が、先日は休館日だった市立図書館に入ると、ちょうど真由美がいて、本を読んでいた。

やはりこちらも、授業は午前中だけとなり、真由美は一人で来ていたようだ。

この図書館をあまり市民は利用していないようで、他に人はいなかった。

「この土地や、蒲地家のことを調べたくて来たんです」

「そう。実は私も、この土地に興味が湧いて、これ読んでたの」

真由美に招かれ、恭太は隣に座った。

覗き込むと、どうやら蒲地家の裏山にある能楽堂で例年行なわれる狂言についての印されている本のようだ。

タイトルは『首引き』とある。

「これは?」

「どうも変なの。本来のストーリーと違って、かなり書き換えられているようね」

真由美が説明してくれた。

村人たちにより、昔からあの能楽堂で、この『首引き』が演じられてきたようだが、今年はもう九月に終わってしまったようだった。

本来の『首引き』の話はこうである。

源為朝が、九州から京へ上ろうとしたとき、この播磨の国の印南野《いなみの》を通りかかった。そこへ鬼が現われ、為朝を取って食おうとする。

命乞いをする為朝に、鬼は言う。

「俺には娘が一人いるが、彼女はまだ人を食ったことがない。俺に食われるのが嫌なら、娘に食いぞめをさせようと思うがどうか」

するとと為朝も、

「どうせ助からぬ命ならば、優しく美しい姫様に食われとうございます。が、ただ食われるのはあまりに残念ゆえ、首引きで勝負致したく思います。私が勝てば、どうかこのまま助けて下されい」

首引きとは、互いの首に縄をつけて引っ張り合う綱引きである。

結局、鬼は承知し、為朝は鬼の姫と首引きをし、途中で縄を外し、姫が勢い余って倒れた隙に首尾よく逃げだす、という話だ。

人を食ってみたいのだが、臆病でビクビクする姫と、策を練る為朝とのやりとりがユーモラスなのだが、もちろん恭太は能狂言など観たこともない。

「それなのに、この土地の話は……」

ワキは為朝ではなく、単なる無名の旅人となり、最後は親鬼が姫に加担して首引きに勝ち、鬼姫はようやく初めて人を食うことができた、というものである。

「ふうん……、何だか、ユーモラスな話が、やけに残酷な話に書き換えられてるみたい」

恭太は、率直に感想を言った。

「そうね。他にも、あんまり例はないわね。鬼山伏を扱った狂言でも昔話でも、鬼が出てくると人との知恵比べになって、必ず人が勝つようになっているのに」

「ここの人は鬼の味方なのかな」

「どうも、そうみたい。反対に源氏は、この為朝や大江山の酒呑童子を退治した頼光など、鬼からすれば天敵みたいな血筋ね。しかも源氏が鬼退治をする上で、陰となって助けていた陰陽師《おんみょうじ》の一族、それがどうやら仁枝家……」

「あの巫女さん……？」

鬼王神社は、もともとこの土地に昔からあるもので、今は蒲地家の裏、つまり能楽堂の裏にある社が本殿らしく、神社そのものは長く無人で荒れ果てていたと言う。

「そこへ、住むようになったのが彼女。一、二年前だったと聞いてるけど、占いが女子高生たちには人気みたい。蒲地家は仁枝の名に反応したようだけど、あの人だけはどうしても追い出せないみたい」

なるほど、バスの営業所の職員さえ蒲地家の息がかかっているというのに、強大なパワーを持つ由良子だけは誰の手にも追えず、商店も彼女への食糧などの不売運動すらできずに、いつしか少女たちのアイドルにさえなりつつあるようだ。

「前から訪ねようかと思っているのだけれど、彼女、不在が多くてなかなか会えないの」

真由美は言いながら、土地の伝承狂言の本を閉じ、別の郷土史の本を開いた。

「それから、古い地元の新聞にこんな記録があるわ。この村は江戸や明治の頃から、たまにかまいたちが出たって」

「かまいたち？」

「鎌を持ったイタチの妖怪だけど、突風とともに人の肌が切れているというもの。実際は風が真空状態を作って起こる自然現象らしいけど、それが、この山あいでは起こりやすいらしいの」

「へえ……」

「そこで、玲さんの事件だけど」

「あ……」

「彼が鎌を持って、風のように走り抜けて、気がついたら何人も傷ついてた、っていうのは、なんかかまいたちみたいね」

真由美は何げなく言ったが、恭太は思わずゾクリと背筋を寒くしてしまった。

蒲地という名前は、「かまいたち」から来ているのだろうか。鬼の一族みたいだったが、そんな獣じみた下級の妖怪と聞くと何かがっかりする。

その時、職員がやってきて、そろそろ閉館だと告げた。

午後三時になっていた。

後片づけなど整理があり、かなり早く閉館するらしい。あるいは客が二人だけなので、面倒がって早く閉めるつもりなのかもしれない。みな町の人だし、単にボランティアで番をしているだけなのだろうか。

「どう？　私はこれ借りて帰るけど、一緒に来ない？　まだいろいろお話ししたいし」

「ええ、じゃそうします」

恭太は一緒に立ち上がり、真由美は手続きをして何冊かの本を借りた。

図書館を出て、そのまま真由美のアパートに行った。

真由美のアパートは、高校の近く、住宅街の外れにあった。

誰か町の人が見ているかもしれないが、別にやましいこともしていないので、真由美と一緒に中に入った。

一階の奥の部屋で、六畳一間。

学習机代わりのテーブルと、テレビ、本棚、洋ダンスなどがあるだけで、キッチンも清潔に片づけられていた。他はバス、トイレ、押し入れがあるので、寝るときはテーブルを移動させて布団を敷くのだろう。

もちろん閉め切られた室内には、熟れた亜矢子や亜津子、幼い理沙とも違う二十代の女性の匂いが甘く籠っていた。

本棚を見ると、やはり真由美は、教師として最初に赴任したこの土地にかなり関心を持っているようで、郷土史の本が何冊か並んでいた。

本来は、生徒を部屋に入れたりしないのだろうが、恭太はまだ正式な教え子ではない。まして、この土地の中心である蒲地家、今までベールに隠されて接触できなかった一族の一人なのだから、他の生徒とは多少扱いが違うようだった。

真由美はお茶を入れてくれ、またテーブルを前に、並んで土地の歴史を読み、感想を述べ合ったりした。

最初は、恭太も関心を持って聞いていたが、図書館の時よりも近くに座っている真由美の、ほんのりした髪の匂いや、こちらを向いて話しかけるときの、甘酸っぱい息まで感じることがあり、いつしか恭太はドキドキと胸が高鳴りはじめてしまった。

関西弁のイントネーションと、少女のような甘酸っぱい匂いが、激しく恭太の官能を刺激してくるのだ。

(処女ってことはないだろうけど、何人ぐらいの男を知っているんだろう……)

恭太はあれこれ思い、隣にいる真由美のブラウスの内部や、スカートの奥まで想像して、ムクムクと勃起してきた。

「それで、この狂言の話に戻るけど……、どうかした?」

「す、すみません……」

恭太は股間を押さえ、真っ赤になって言った。

叩かれてもいい、いきなり抱きついたらどう反応するだろう、と、そんなことばかり考えているうち、すっかり淫らな思いで全身がぼうっとし、目がくらむほどの緊張と興奮に見舞われてしまったのだ。

「トイレ? そこよ」

「いえ、そうじゃなくて……」

「何なの?」

「その、あんまり先生が……」

「私が何かした?」

真由美は、自分の胸のあたりや服装をあらためて見回した。あるいは、自分の胸のホックでも外れていて、気づかないうちに挑発していたかと気になったのかもしれない。

「僕、何だか……」

恭太はあまりの高まりに言葉が続かず、そのまま真由美の胸にギュッと顔を埋め込みながら抱きついてしまった。

2

「あっ！　何をするの……」

真由美が驚いて声を上げた。

しかし恭太は、ピッタリとブラウスの膨らみに顔を押し当て、そのまま勢いをつけて真由美を押し倒し、上からのしかかってしまった。

どうも、この土地だと、殿様のように扱われて行動が大胆になっているわけでもないだろうが、やはり亜矢子に手ほどきされ、理沙や亜津子に行動を起こして拒まれなかったという経験が、彼を積極的にさせているようだった。

「ごめんなさい。こうしているだけ……」

恭太は甘えるように言い、真由美の腋に顔を潜り込ませ、ちょうど腕枕してもらう体勢になってじっとした。

真由美も、ようやく混乱を抜け、恭太を胸に抱いたまま動きを止めた。

少年と畳に横たわり、身体をくっつけているということに違和感と不自然さを感じているのだろうが、とりあえず恭太がそれ以上何もしないので様子を見守っている。

とはいえ、恭太のことを知ったとき、二親がいないということで、せめて自分は教師としてばかりでなく、姉のように接してやろうと思った真由美だったが、今はその一線さえ、あっという間に侵されそうな危うさを感じていた。

それはあるいは、女性にしか分からない、恭太の持つ特殊なフェロモンのようなものであったかもしれない。

それとも恭太自身に、決して拒まない女性を無意識に見分ける能力とでも呼べるようなものがあるのかもしれなかった。

恭太は、ブラウスの腋に顔を埋めたまま、繊維を通して感じられる、美人教師の汗の匂いにうっとりとなっていた。

今日は天気もよく、彼女も学校と図書館を行き来したり、かなり動きまわったのだろう。甘ったるいミルクのような体臭が、思っていた以上に濃厚に漂い、恭太の鼻腔を刺激してきた。

「先生、いい匂い……」

恭太は、逃げられないようシッカリと抱きつきながら呟いた。

「あッ！　ダメ……」

真由美も、自分の腋の下に恭太の熱い息と湿り気を感じ、ビクッと震えて言った。

「先生、大好き……」

「なに言ってるの。まだ会ったばかりなのに」

「でも、そういうことってあるでしょう」

恭太は美人教師の体臭にうっとりしながら、とうとうブラウスの胸にタッチしてしまった。

「あん！　ダメよ、本当に怒るわよ」

真由美が肌を強ばらせ、真剣に声を険しくしようとするのだが、どうしようもなく力が抜けてしまうようだ。

恭太も、そろそろと這い上がって、真由美の白い首筋に唇を押し当てた。

肌の匂いがうっすらと感じられ、さらに上にある形よい口から吐き出される、湿り気を含んだ甘酸っぱい息の匂いも入り混じって恭太を興奮させた。

それはまだ少女に近い果実のような匂いで、熟れた亜矢子や亜津子よりも、未成熟の理沙の匂いに似ていた。

そのまま恭太は、ピッタリと真由美に唇を重ねてしまった。

「ウ……ンンッ……！」

真由美が眉をひそめ、さらに熱い吐息を弾ませて呻いた。

恭太は、自分でも驚くほど積極的になり、女教師の柔らかな唇の感触や弾力を味わい、そろそろと舌を這わせていった。もちろんその間も、ブラウスの胸に置いた手のひらを、微妙なタッチで蠢かせていた。

真由美はかなり素顔に近い薄化粧で、立ち昇る匂いも大部分は自然のものだった。

舌を差し入れると、唇の内側は唾液に濡れ、白い綺麗な歯並びを舐めると、ヌラヌラと滑らかだった。

彼女の舌を探っているうち、ようやく諦めたように、チロチロと動いて触れ合ってくるようになった。

ここまでくれば、もう押さえつけておかなくても大丈夫だろう。

恭太は、心ゆくまで美人教師の口の中の、甘いヌメリとしたかぐわしい匂いを堪能しながら、そろそろとブラウスのホックを外しはじめた。

手探りで何個か外し、内部に手を入れ、きっちりと体にフィットしたブラに手間どっていると、

「待って……」

唇を離した真由美が、小さく言った。

そのまま身を起こし、完全にブラウスを脱ぎはじめた。

「もう……、こんなに乱暴な子だとは思っていなかったわ……」

「ごめんなさい。僕、どうしても……」

恭太は言い、

「ね、どうせなら」

と、勝手に押し入れを開けて布団を出してしまった。

やはり畳の上よりは、真由美の匂いのする布団の上の方がいい。

「強引ね……」

「だって、先生のこと好きだし、女の人のことも知りたいから」

無垢を装って言いながら、恭太は自分も手早く服を脱いで、ブリーフ一枚になってしまった。

真由美の方は、背を向けたまま座り込み、外れたブラを胸で押さえている。まだためらいが残っているようだ。

それを背後から迫って布団に誘導し、仰向けに横たえていった。

胸に当てられた両手をやんわりと引き離し、ブラを取り去った。

「ああ……」

真由美が声を洩らし、目を閉じた。

美人教師の乳房は、何とも形よく感度もよさそうだった。

亜津子や亜矢子の巨乳ほどではなく、理沙ほど幼くもない。ややツンとした上向き加減で、ほどよい膨らみだ。しかし乳首と乳輪は、理沙に匹敵するほど初々しく淡い色合いをしていた。

差恥と緊張によるものか、その胸が荒い息遣いとともに上下し、谷間はジットリと汗ばんでいた。

同じ差恥でも、理沙のそれとはぜんぜん違うだろう。むしろ教師という立場が、良くも悪くも彼女を興奮させているのは確かだった。

恭太は屈み込み、チュッと乳首に吸いついた。

「アアッ……！」

真由美が、激しく声を上げ、ビクッと反応してきた。

もう片方の膨らみにも手のひらを這わせてモミモミし、次第に硬くコリコリしてくる乳首を舌で転がした。

真由美は激しく喘ぎっぱなしで、もう相手が誰で、何をしているかも分からなくなってしまったようだった。

恭太は両の乳首を交互に含み、強く吸いつき、充分に唾液にヌメらせてから、谷間や腋の下にも顔を埋め込んで甘ったるい匂いを嗅いだ。

「あっ、ダメ……」

腋の下にギュッと鼻と口を密着させると、真由美が小さく言って息を震わせた。

体質だろうか、甘ったるい匂いは今までの誰よりも濃く、恭太の胸をゾクゾクと揺さぶった。

舌を這わせると、汗の味は薄いが、微かに剃り痕のザラつきが舌に伝わり、こんな美人教師もナマの女なのだということがあらためて分かった気がした。

両腋とも存分に味わってから、舌でスベスベの脇腹を這い下り、中央に戻ってスカートのウエストを押し下げて、愛らしい縦長のおヘソにも舌を入れてクチュクチュと動かした。

真由美は、理沙のように両手で顔を隠し、しきりに喘ぎ声をぐもらせながらいやいやをしていた。

恭太は脇のホックを外してスカートを抜き取り、さらにパンストも引き脱がせていった。

裏返ったパンストが両足首からスッポリ抜けると、まるで薄皮を剝くように滑らかな脚がスラリと露出した。

足首を持ち、足の裏に口を押しつけ、縮こまる爪先に鼻を埋め込むと、汗と脂に湿った、ドキドキする匂いが感じられた。

恭太は、美人教師の足の匂いで鼻腔を満たしながら足裏に舌を這わせ、やがてパクッと爪先にしゃぶりついた。

「あう！　ダメよ、汚いから……！」

真由美が驚いたように声を上げ、半身起こして止めさせようとした。

しかし恭太は強引に含み、指の股にもヌルッと舌を割り込ませて味わった。

「ああーっ……」

真由美は声を洩らし、そのままずうっと力が抜けていくように、グッタリと四肢を投げ出してしまった。

3

「ね、先生、腰を上げて……」

両足とも充分に舐め回し、滑らかな脚を舐め上げてから、いよいよ恭太は彼女の最後の一枚に指をかけて囁いた。

「ダメダメ……」

真由美は顔を覆い、しきりに首を横に振っているが、もう相当に興奮が高まっていることは、まだ経験の浅い恭太からも分かった。

こんなに息が弾んでいるし、肌は上気し、ショーツの真ん中には新しい愛液のシミが広がりつつあった。

まあ、いくら拒んでも強引に引き脱がせ、お尻の丸みを通過してしまえば、あとは楽だった。

もがいて、弱々しい抵抗をする脚を押さえながら、とうとうショーツを抜き取った。

まだ体温を残した脱がせたてのショーツを裏返して観察すると、真ん中は愛液にベットリと濡れ、乾いた部分にはほんのりと汗の匂いが染みついていた。

そしてショーツを置き、スベスベの脚の間に顔を割り込ませていった。

「アアッ……、ダメ、やめて……」

真由美は上ずった声で、うわ言のように繰り返し、しきりに両膝を閉じようとして腰をクネクネさせた。

しかし恭太は、完全に股間に潜り込み、シッカリと手を回して彼女の腰を抱え込んでしまった。

目の前に、美人教師の神秘の部分が迫っていた。

意外に毛深い方で、黒々とした恥毛が丘に茂り、真下のワレメからはみ出した陰唇も、すっかり興奮に色づき、充血してぽってりと熱を持っていた。

そのヌルヌルする小陰唇に指を当て、滑らないよう力を入れてグイッと開いてみると、愛液がネバついて左右に糸を引いた。

精神的な抑圧が大きい分、興奮度と愛液の量は激しいようだった。

奥では、大量の愛液にヌメつく細かな襞が入り組み、膣口がヒクヒクと息づいていた。

小さな尿道口も、周りのお肉と一緒に迫り出すように蠢き、クリトリスも包皮の下からツンと突き出て顔を覗かせていた。

恭太は、そっと人差し指を差し込み、愛液をまつわりつかせてクチュクチュといじった。

「ね、先生、ここ何ていうところ?」

「い、いやっ……、やめて……」

「オシッコはどこから出るの?」

童貞のふりをして言いながら、濡れた指先で膣口からクリトリスまで触れた。

「アアッ!　お願い、いじめないで……」

真由美の声は上ずって弾み、何やら今にも大きなオルガスムスに巻き込まれてしまいそうなほど、切羽詰まった響きになってきていた。

「先生、気持ちいいの?　じゃ舐めてもいい?」

「ダ、ダメよ、絶対……、アアーッ!」

とうとう恭太がギュッと中心に顔を埋めると、真由美は激しく声を上げ、ムッチリと内腿で締めつけてきた。

柔らかな恥毛の丘に鼻をこすりつけると、今までの誰よりも濃く汗の匂いと、女体の分泌物の入り混じった芳香が籠っていた。

「先生のここ、いい匂い」

わざとクンクン鼻を鳴らしながら言うと、

「あう……！」

あまりの差恥に真由美は短く呻き、とうとうグッタリとなってしまった。

それでも、ワレメ内部にヌラヌラと舌を這わせて愛液をすすり、勃起したクリトリスを舐め上げていくと、

「ああッ！」

また息を吹き返したようにガクガクと身悶えはじめた。

恭太も、次第に夢中になって、真由美の反応を見る余裕もなくペロペロと舌を這い回らせ続けた。

熱い愛液は後から後から溢れ、ネットリした舌触りと淡い酸味は、乾くことなく恭太の舌をヌメらせていた。

「先生、こうして……」

恭太は真由美の両足を抱え上げ、キュッと締まった形よいお尻の谷間も指で広

げていった。

野菊のように可憐な襞の揃ったツボミがひっそりと閉じられ、差恥にヒクヒクと震えていた。

鼻を押しつけて嗅ぐと、汗の匂いに混じって、ほんのりと生々しい刺激臭も感じられ、恭太はゾクゾクと高まってきた。ここのトイレは、ウォシュレットではないのだろう。

もちろん美人のナマの匂いだから、恭太は不快ではなく、むしろ誰も知らない真由美の秘密を知ったようで嬉しかった。

こんな美人の先生なのだから、おそらく男子生徒の全員が、彼女を思ってオナニーしていることだろう。それを、よそからやってきた恭太が、まだ正式な教え子にもなっていないうちに、こうして隅から隅まで味わい、恥ずかしい秘密の匂いまで知ってしまったのだ。

これを知ったら男子生徒たちは、恭太を殴るだろうか。あるいは、殿様の家の跡取りなのだから我慢するだろうか。

そのまま恭太は、指でシッカリと開きながら、チロチロと舌を這わせていった。

「あ……、何してるの！　そこはダメ……！」

真由美が、また驚いたように声を震わせて言った。

どうも、足の指の間と肛門は、普通の男は舐めない部分なのだろうか。そんなに、いちいち驚くような場所なのだろうか。

恭太にしてみれば、シャワーを浴びる前の、ナマの匂いの籠っている部分を舐めないなんて信じられず、女性の身体を汚いとか思う奴は地獄へ堕ちればよいのだと思っていた。

とにかく、もがく真由美を押えつけながら念入りに襞の隅々まで舐め、唾液にヌメった中心部にヌルッと舌まで潜り込ませた。

「ヒッ……！」

真由美は息を呑み、肛門でキュッと恭太の舌を締めつけてきた。

かまわず内部でクチュクチュ動かし、粘膜の甘苦い感触と味覚を堪能しながら、果てはスポスポと舌を出し入れさせるように動かした。

「あ……、ああ……」

真由美は喘ぎながら、すぐ上のワレメからトロトロと白っぽい愛液を溢れさせてきた。

恭太は、ようやく彼女の脚を下ろし、肛門から愛液のシズクをたどって、再びワレメ内部へと舌を移動させていった。

愛液は、もう舐めるとかすするとかいった段階ではなく、泉のように溢れるそれを飲み込むといった方が正しいと思えるほど大洪水になっていた。

さらに指を膣口に押し込み、天井をこすりながらクリトリスを舐め回すと、

「い、いっちゃう！　ダメ、ああーっ……！」

たちまち声のトーンが裏返り、真由美は狂おしくガクンガクンと全身を痙攣させてしまった。

膣内が収縮して、指が痺れるほど締めつけてきた。

「も、もうやめて……、死んじゃう……！」

真由美が身をよじり、刺激が強すぎるのか、激しい力で恭太の顔を股間から突き放してきた。

恭太も顔を上げ、指を引き抜いて身を起こした。

離れても、真由美はまだヒクヒクと全身を震わせて喘ぎ続けていた。

その間に恭太も最後の一枚を脱ぎ去り、悶える真由美を仰向けにすると、その股間に身を割り込ませていった。

そして、ピンピンに張り詰めている亀頭をワレメに押し当て、一気に押し込んだ。

充分すぎるほど濡れている膣口が丸く押し広がり、亀頭がヌルッと潜り込んでいった。

「あう……！」

真由美がビクッと顔をのけぞらせ、いじられて舐められるのとは違った感覚に身を強ばらせた。

そのまま恭太は、ズブズブと根元まで貫き、汗ばんだ肌に身を重ねた。

恭太も充分に高まっていたので、もう焦らす余裕もなく、最初からズンズンと腰を突き動かしはじめた。

大量の愛液がクチュクチュと鳴り、熱くヌメった柔肉が心地好くペニスを摩擦してきた。

「ま、またいく……、アアーッ！」

真由美も下から両手を回してしがみつき、恭太を乗せたままブリッジするようにガクンガクンと全身を弓なりに反らせて昇りつめた。

キュッキュッと締まる膣内の収縮にひとたまりもなく、恭太も続いてオルガスムスに達してしまった。

激しい快感の中で射精しながら、恭太は、自分の力で大人の女性を攻略し、絶頂まで導いたことに大きな満足を得た。

そして最後の一滴まで最高の快感の中で脈打たせ、やがてグッタリとなって力尽きた真由美に体重を預け、その甘酸っぱい吐息を間近に感じながら、恭太もうっとりと快感の余韻に浸り込んだ。

4

「先生、大丈夫？　気持ちよかった？」

恭太は添い寝しながら、まだ荒い呼吸を繰り返している真由美に囁きかけた。

「知らない……」

真由美は背を向けて言い、頑なに身を強ばらせているのを、恭太は無理やりこちらを向かせ、また腕枕してもらいオッパイや腋の下に顔を埋め込んだ。

もう真由美も拒まず、だいぶ落ち着きを取り戻したようだ。

後悔よりも、激しいオルガスムスに声を上げてしまったことに、差恥を甦らせているようだった。

「先生は、恋人とかいないの？」

胸に顔を押しつけながら尋ねると、

「今はいないわ……」

ようやく答えが返ってきた。

「前はいたの？　何人？」

「一人だけ……」

呼吸を整えた真由美は、やっといろいろ話してくれた。

それによると、高校時代から付き合っている男と、大学時代も交際を続けていたようだ。

彼女は女子大だったから、その間も他の男性と出会う機会は少なく、かなり長い付き合いだったのだろう。

それでも互いに就職活動で忙しくなると会えなくなり、真由美はこの土地に着任、彼は東京へ行ってしまい、それ以来もう二年近く会っていないようだった。

まあ、最初から距離が離れれば気持ちも離れる程度の付き合いで、後半はろくにセックスもしなかったのだろう。

「ね、僕またこんなになってきちゃった」

甘えるように言いながら、恭太はムクムクと回復してきたペニスを、グイグイと真由美の肌に押しつけた。

しかし真由美が何もしてくれないので、彼女の手を取り、ペニスへと導いて触れさせた。

「……」

ようやく、真由美もやんわりと手のひらで包み込み、ニギニギと優しく動かしてくれた。

柔らかく、汗ばんで温かな手のひらで愛撫され、恭太自身は最大限に硬く勃起してきた。

「先生、上になって……」

恭太は仰向けのまま、すっかり大胆に、従えるように彼女を押し上げていった。

真由美も恥じらいと戸惑いの中でノロノロと従い、恭太の導くまま、彼に唇を重ねてきた。

恭太は、下から真由美の柔らかな唇と甘酸っぱい吐息、トロリとした唾液と舌を味わった。

やはり自分から上になってするより、こうして年上女性に弄ばれる方が、心情的にすんなりと受け止めることができた。

舌をからめながら、そっと真由美の乳首やお尻に触れると、

「ンン……」

真由美の熱い息が弾み、甘い唾液が分泌されてきた。

「もっとツバ出して」

「ダメよ、汚いから……」

唇を触れさせながら囁き、それでも真由美は、恭太の再三の要求に少しだけクチュッと唾液を注ぎ込んでくれた。

恭太は、小泡の多い生温かなシロップを飲み込み、甘美な興奮で胸を満たした。

やがて唇が離れると、恭太は彼女の顔を押しやり、胸へと移動させた。

真由美も、そっと彼の乳首を吸い、舌を這わせてくれた。

両方とも舐め、さらに腹まで舌を移動させると、恭太はそのまま彼女の顔を股間まで移動させていった。

真由美は握ったままのペニスを近々と見下ろし、少しためらったようだが、恭太が執拗に股間を突き上げていると、ようやく自分から屈み込んできて丸く開いた口で亀頭を捕らえた。

「ああ……、先生、気持ちいい……」

恭太はうっとりと言った。

真由美の口の中は、膣と同じくらい熱く、モグモグと唇を動かすうち、内部に溢れた唾液がどっぷりと亀頭を浸してきた。

舌がヌラリと触れてきて、そのまま舌鼓でも打つように、チュッと巻き込んで吸った。

身体が宙に舞うように心地好く、恭太は力を抜き、全てを真由美に委ねた。

そのまま真由美は喉の奥まで呑み込んでいき、口の中をキュッと締めて、今度はゆっくりと引き抜いてきた。

カリ首に唇がピッタリと密着し、さらに亀頭が吸い上げられ、やがてチュパッと音を立てて口が離れた。

真由美はそれを愛しげに繰り返し、熱い息で恭太の恥毛をくすぐった。

愛撫というより、口の中全体でペニスを味わい、隅々まで賞味しているような感じだ。

何度か吸いながら引き抜いてから、真由美はさらに屈み込んで陰嚢にもヌラヌラと舌を這わせてきた。

シワシワの全体を唾液にヌメらせ、真ん中の縫い目をツツーッと舌で舐め上げたり、大きく開いた口でスッポリと含んで睾丸を吸ったりした。

熱い息が股間に吹きつけられ、恭太はジワジワと高まってきた。

真由美は、再びペニスを含んできた。

「先生、こっちに身体を……」

恭太は言いながら、彼女の下半身を引き寄せた。

真由美も素直に、深々と含んだまま身体を反転させ、オズオズと彼の顔を上から跨いできた。

恭太の鼻先に、豊かなお尻と、また新たな蜜の溢れるワレメが迫った。

顔を寄せると、逆流するザーメンの生臭い匂いがうっすらと感じられた。

恭太は舌をのばし、クリトリスを舐め回した。

「ク……、ウウ……」

含んで舌を這わせながら、真由美が呻いて、熱い息で陰嚢をくすぐってきた。

クリトリスを刺激すると、すぐ上に見えているピンクの肛門がヒクヒクと悩ましく震えた。

いつしか競争するように、真由美は顔全体を上下させてリズミカルにスポスポと唇で摩擦しはじめていた。

恭太は、ワレメから顔を離し、快感だけに集中した。

いってしまう、というよりも、このまま真由美の口に出してみたかった。

気を高め、目の前の艶めかしいワレメを見ながら、とうとう恭太は二度目の絶頂に達してしまった。

股間をズンズンと突き上げるように動かしながら、最山自同の快感に包まれた。

そして二度目とも思えない、大量のザーメンがドクンドクンと噴出して美人教師の喉の奥に飛び散った。

「ム……ンンッ……!」

危うく咳き込みそうになったが、真由美は辛うじて呻きながら堪え、脈打つ粘液を口の中に溜めた。

恭太は心ゆくまで快感を味わい、最後の一滴まで絞り出し、ようやく力を抜いた。

真由美も、こぼさないようにゆっくりと口を離して顔を上げ、唇を引き結んだままティッシュの箱を引き寄せた。

そして広げたティッシュの上に、唾液混じりのザーメンをトロトロと吐き出した。

5

「飲むの、ダメなの？」

バスルームで、互いにボディソープの泡にまみれながら恭太は言った。

小さなアパートの割りには、バスルームの洗い場は広い方だった。

「ええ……、アレルギーみたい……」

真由美は、ようやく汗ばんだ身体を流してほっとしたように答えた。

男の身体から出た人間の種なんだから、そんなバカな、と思ったが、どんな体質の女性がいるかも分からないのだから、あるいは本当かもしれない。

「まさか、生徒とこんなふうになるなんて……」

シャワーを浴びて冷静になったか、真由美はまた落ち込みそうになって呟いた。

「僕が強引にしたんだから、先生は悪くないよ」

「でも、あんなに……」

声を出し、濡れて反応し、何度も昇りつめてしまったのだ。

「来年、僕がちゃんと入学したら、もう去年のこととして忘れればいいよ」

言ったものの、恭太も、いつまでも真由美と関係が持てればよいと思っていた。

「着任したとき、校長先生に言われていたのよ。蒲地家の子供だけは、叱ったりしてはいけないんだって……」

「へえ……」

殿様の家だからか、それとも蒲地家の者に何かすれば、祟りでも起きると未だに信じられているのだろうか。

「だから、僕の言いなりになったの？」

「そういうわけではないけど……」

「玲の事件だけど、まさか、それまで彼を叱ったり意地悪をした人間ばかり傷つけられたとか？」

「実は、そうらしいの」

理沙は、あるいは玲に付きまとわれていたのを避け、それでひどい仕打ちをされたのかもしれない。

「じゃ、僕に逆らったら同じような目に遭うとでも思った？」

「思わないわ……」

「本当は先生、僕が怖いの？」

恭太は詰め寄った。

「そうじゃないの。信じて。君に対しては、自分でもどうしてだか分からない欲望が湧いて、自分から感じてしまったの」

「そう……」

ようやく、恭太も納得したように肩の力を抜いた。

やがてシャワーを浴びて互いのシャボンを洗い流し、恭太は真由美をバスタブの縁に座らせた。

「ね、オシッコするとこ見せて」

両膝の間に、顔を割り込ませて言った。

「で、できないわ。そんなこと、絶対に……」

「だって、女の人の身体をよく知りたいんだ。それに、もう出る頃でしょう？」

再三せがみ、恭太はガクガク震える内腿の間から真由美を見上げた。

恭太は恥ずかしい要求をした以上、必死に迫り、真由美は毒恥と恍惚の間でぼうっとした表情になっていた。

逆らったら、腹でも裂かれると思ったわけでもないだろうが、やがて真由美も下腹に力を入れはじめたようだった。

ワレメがヒクヒクと震え、恭太はよく見えるように指で陰唇を開いた。

内部からは、また新たな愛液が湧き出しはじめていた。

「あん……、い、いいの？　本当に……」

声を震わせながら、真由美はとうとうチョロチョロと放尿を始めた。

温かな水流を胸に受け、恭太は湯気の立つほんのりとした匂いを嗅ぎながら、またムラムラと興奮してきてしまった。

恭太は浴びながら、さらに顔を寄せて流れを舌で受けてみた。

「アアッ……、い、いけないわ、そんなこと……」

真由美が必死に避けようとするが、恭太は執拗に味わってしまった。

たいして溜まっていなかったか、水流はすぐに治まったが、恭太はそのまま口を付けて、ビショビショのワレメ内部を舐め回した。

真由美はブルッと下腹を震わせ、バチでも当たるのではないかとでも思っているのか、カチカチ歯を鳴らした。

もともと、そういう迷信に弱い性質なのかもしれない。

舌を這わせるうち、すぐにオシッコの味と匂いは消え去り、大量の愛液だけの舌触りと味覚になってしまった。

やがて顔を離し、もう一度二人でシャワーを浴びてバスルームを出た。

そして外がすっかり暗くなりはじめているので、恭太も三度目の射精は控え、服を着て真由美のアパートを出た。

6

亜矢子や理沙、真由美たちによって、だんだんこの家や土地のことが分かってきた。

それにしても、この土地に来てからというもの、急に女性運がよくなっている。

これは、シャイな恭太にしてみれば、気味が悪いほどだった。

それらの女性たちの中でも、最も愛着が湧くのは、やはり何度も夢に見ていた幼なじみの理沙だ。しかし、理沙には素直な感情が持てるのだが、それ以上に気になるのが、同居している亜津子だった。

単なる美人ではない。この世のものとも思われぬ美しさを持つ、いわば妖女のような存在だ。

亜津子に対する気持ちは愛情とか愛着ではなく、もちろん母親への思慕でもなく、もっと異質の、例えば性欲を超えた執着のようなものだった。昔の、家来による、姫様や奥方に対する忠誠心でもない。言うなれば、ペットの犬が女主人に抱くような感情に近いだろうか。同じ屋敷内で暮らしているというのに、そしてどこへも出かけていないはずなのに、滅多に顔を合わさないのは何故だろうか。

夜、恭太は亜津子の部屋を訪ねてみた。

先日の出来事が忘れられず、それに部屋も覚えたので、どうしようもなく一緒に寝たくなってしまったのだ。

もし拒まれても、ただ一緒に布団に入って眠るだけでも満足だった。

また曲がりくねった暗い廊下を素足で歩き、亜津子の部屋に行き着いた。

「……?」

しかし、布団が敷かれているだけで、亜津子の姿はなかった。

もう、入浴も終わったはずだが、トイレだろうか。

さらに廊下を進み、奥のご不浄の方を窺ったが、灯りもついていないし、誰かが入っている様子はなかった。

(どこに行ったんだろう……)

怪訝に思ったが、その時、廊下の奥の方から物音が聞こえてきた。

恭太は足音を忍ばせ、奥へと行ってみた。

暗い廊下のいちばん奥、そこに引き戸があり、亜津子が出てくるのが見えた。

そこは納戸か何かの戸かと思っていたが、さらにその奥に部屋があるようなのだ。

亜津子は盆に空の食器や湯呑みを乗せて持ち、そのまま恭太の方へは来ず、厨房に向かった。

（あ、あれは、まさか……）

玲だ。おそらく、あの戸の奥に玲の部屋があるのだ。

彼は病院などに収容されているわけではなく、この、同じ屋根の下に住んでいたのだ。

亜津子はおそらく、日頃からそこにいることが多いために姿が見えなかったのだろう。

恭太の双子の兄である玲は、やはり亜津子の甥に当たるが、恭太よりずっと長く一緒に暮らしているから、もうほとんど母子といってもよい関係になっているのかもしれない。

やがて流し場に洗い物を置き、亜津子が自分の部屋へと戻っていった。

恭太は廊下の角に隠れて、それをやり過ごした。

そして亜津子が部屋に入り、布団に入ったのを確認した。

もう朝まで、亜津子は自室から出てくることはないだろう。

恭太は、思いきって兄、玲に会うつもりになっていた。

かなり薄れた、遠い記憶しかないし、玲は猟奇事件の張本人でもあるのだが、会えば同じ血の流れた双子なのだ。きっと心も通じ合い、話すことも山ほどあるだろうと思った。

恭太は忍び足で廊下をいちばん奥まで進み、亜津子が出てきた引き戸をそっと開けてみた。

さして軋んだ音も立てず、それは滑らかに開いた。

さらに奥には、窓もなく暗い廊下が続いていた。

寒さは感じられず、生暖かな熱気と、何やら甘ったるい匂いだけが漂ってきた。

そしてようやく、廊下は行き止まりとなり、恭太は目を瞠った。

第二部——分身

第五章　兄の秘密

1

（こ、これは……！）
恭太は、思わず声を洩らしそうになり、立ちすくんだ。
左右は窓もない壁に挟まれた、狭い通路だ。
その行き着いたところに、それはあった。
少し広い板の間に出て、その正面には何と、太い木の梁で組まれた格子があったのだ。
時代劇などでしか知らない、生まれて初めて見る座敷牢だった。

格子の穴は、それぞれ一辺が十五センチほどの、ほぼ正確な正方形だ。とてもこの穴からは、どんな小柄なものでも出入りできないだろう。

しかし下の方に、横長の戸があって施錠されていた。ここから食事の盆を差し入れるのだろう。

さらに人一人通り抜けられるような大きな戸もあり、ここも厳重に鍵が掛けられていた。

そっと中を窺うと、高い天井に小さな灯りが点けられ、さらに灯り取りらしい窓もあった。まず、とても登れない高さである。

そして牢内も板張りで、そこに布団が敷かれていた。

隅には洗面台の流しや歯ブラシ、洋式トイレの便器などもある。本棚には何冊かの本も並んでいるし、座卓などもあった。

だから、牢というよりは近代設備の整った刑務所に近い感じだろうか。

この甘ったるく、生ぬるい匂いが玲の体臭なのだろう。しかし何故かそれが、心の奥底に妖しく響いてくるのが不思議だった。

そして布団の中で横になっているのが、玲なのだろう。

よく顔は見えないので、恭太は格子まで近づき、間の隙間から顔を突っ込むようにして覗いた。

ところが、その時である。

「うわッ……!」

恭太は声を上げて、思わず座り込んでしまった。

何しろ、眠っていると思われた玲が、いきなり布団を蹴って身を起こしたのだ。

「誰!」

玲が、獣のように俯せになって低く身構え、こちらを睨みつけながら言った。

よく響く声だ。

髪はそれほど長くないが前髪が顔の半面を覆い、その髪の隙間から二つの目が
爛々と光っていた。

「ぼ、僕は、恭太……」

恭太は、懸命に落ち着こうと呼吸を整え、身を起こしながら言った。

玲は、浴衣を身に着けていた。別に不潔な感じはしない。毎日替えられている
のだろう。

「恭……太……?」

玲が言い、格子まで近づいてきた。

そして四角い隙間から、懸命に顔を押しつけてこちらを見ようとしてくる。

格子を握る指は細く、腕も白い。これはほとんど日に当たっていないせいなのだろうか。

恭太とそっくりな顔だちだが、鏡と違い、髪型も眼光も異なっている。

そして恭太は、自分に瓜二つなくせに、何て整った顔だろう、と玲を見て思った。

「そうだよ。玲兄さん、弟の恭太だよ……」

「もっと近くで、よく顔を見せて……」

玲が言い、恭太も格子に近づいた。

すると、玲が恭太の手に触れてきた。ひんやりした感触だ。

「覚えている？　僕を」

恭太が言いかけたとき、玲は、いきなり恭太の両腕を摑み、グイッと牢内に引っ張った。

「うわ……！」

恭太の身体は格子にぶつかり、両腕のみ、肩幅に離れた別々の四角い穴から中に入り込んだ。

「な、何をするんだ……！」

「あっはっはっはははは……！」

玲は狂笑に身を震わせ、手早く浴衣の帯を解いた。

そして引っ張り込んだ恭太の両腕を帯で固く結び、解かなければ腕が抜けないようにしてしまった。

「い、痛いよ、やめて……」

恭太はもがきながら叫び、心の中でチラと、玲が多くの人を傷つけた凶悪犯の前科があったことを思い出した。

「これで逃げられないだろう。さあ、これでゆっくり話ができる」

「こ、こんなことしなくたって、逃げやしないよ！　早くほどいて！」

「いくら叫んだって、誰にも聞こえないよ。もう長年証明済みさ」

確かに、裏は山だし、広大な敷地内の奥まった座敷牢では、いくら声を上げても屋敷内の亜津子はもちろん、外を通る人には聞こえないだろう。

仮に聞こえたにしても、この土地の主、蒲地家の塀の中のことだ。誰も何とも思わないし、何もしないに違いない。

恭太は心を落ち着けて、もう少し内部を観察してみた。

木で縦横に組まれた格子は古いものだ。

中の水洗トイレや流しなどは、玲が事件を起こした時に新たに取りつけたものだろうが、座敷牢そのものは古くからあり……と言うことは、代々この家には、ここに閉じ込められる人間が存在していたことになる。

「ぼ、僕を縛ってどうするつもりさ。に、兄さん……」

「兄さんだって？　あははは！」

玲が再び身をよじって笑う。

「だ、だって、僕とは双子の……」

恭太は言いながら、あらためて格子の間から玲の姿を見た。

帯で恭太の腕を縛ったため、浴衣の前がはだけている。そこから、胸の膨らみが覗いていた。

「そ、そんな……、どういうこと……」

恭太は目を見張り、言葉を失った。

目の前にいる玲は、顔も背恰好もそっくりだが、色白の胸には乳房の膨らみがあり、はだけた浴衣の間から見えている下着も、明らかに女性の物ではないか。

「そう、中学に入るまでは、私はずっと男の子として育てられていたんだ」

よく聞けば、なるほど男の言葉遣いをしてはいるものの、声そのものは細い女性のものだった。

この座敷牢に籠る甘ったるい体臭が、恭太の感覚に響いてきたのも、玲が女性だったからなのだろう。

「な、なぜ……？」

「理由は二つある。両親がな、まあ幼稚園を出る頃お前を連れて逃げたから、私はろくに覚えていないが、とにかくその二人が決めたらしい。この家では、女より男の方が大切にされる」

「……」

やはり跡取り、という意味合いがあるのだろうか。

だからこそ、当主が死んだ今、女の玲では相続できないから、男子の後継者である恭太が呼ばれたのだろう。

しかし、いくら玲の話を聞いていても、見た目の驚きがあるから、なかなか頭がついていかなかった。どうしても、身動きできない不安と、玲の胸に視線が行ってしまう。

「両親は、本当の男子であるお前だけ連れて逃げた。私は両親より、むしろ当時生きていた祖父母になついていたから、簡単に見捨てられたんだ」

「なぜ、両親は逃げたんだろう」

「さあね」

玲は、いかにも知っているふうに首を振った。

「じゃ、男として育てられた、もう一つの理由って……?」

「そんなことより、あの事件のこと、聞きたくないかい?」

玲が、ぞっとするほど美しく凄みのある笑みを浮かべた。

「人を刺す時って、力を入れてブスッと刺すと思うだろう? 実際は違うんだ。よく切れる鎌だと、ろくに力なんか入れなくても、簡単に刺さっちまう。まるで豆腐でも刺すみたいにね、すうっと刃が肉の奥まで入っちゃうのさ」

玲は言いながら、牢の中で膝を突いた。

恭太は、立ったまま腕が固定されているので、格子に身体を押しつけたまま座ることもできない。

「私も、ずっと自分を男だと思っていた。それが、急に生理がきて、自分は前から大嫌いだった女だってことに気がついて、ヤケになってしまったんだ。今でも、ペニスが欲しくてしょうがないんだ」

玲は、恭太の前に屈み込み、格子の間から手をのばし、彼のパジャマのズボンと下着を引き下ろしてしまった。

2

「や、やめて……」

恭太は、まるで女の子のように声を震わせ、身体をクネクネさせてもがいた。

逆に玲は男の子のように、大胆に彼の下半身を丸出しにさせ、恐怖と不安に縮み上がっているペニスをつまんだ。

「そう、これが欲しいの……。それなのに、私の身体にはこれがない。だから腹いせに、いろんな奴らの腹を裂いてやったんだ。気持ちよかったよ。特に、理沙の腹を裂いたときにはね。グネグネした腸がはみ出し、てっきり殺したと思ったのに、運よく助かったようだな」

玲は、恭太自身を弄びながら続けた。

「あの時の、血と内臓の生臭い匂いが堪らなかった。あの匂いと、肉を裂く感触を思い出して、何度もオナニーを……」

「あ……、ああっ……」

やわやわと揉みしだかれ、恭太は身悶えた。

「ほおら、もうこんなに固くなってきた。気持ちいいの？」

玲も、いつの間にかすっかり女らしい声色になり、格子の間から恭太の股間に熱い息を吹きつけてきた。

「舐めてあげる。もっと、こっちに突き出して」

「い、いやだよ。姉弟じゃないか……」

「ほどいてもらいたいだろう？」

下から玲にキラリと睨まれ、恭太も観念した。玲がヘソを曲げれば、明朝亜津子が起き、恭太がいないことに気づくか、玲に食事を運んでくるまで、一晩中こんな格好で立ったまま過ごさなければならない。

仕方なく、ムクムクと鎌首を持ち上げかけているペニスを、格子の間から中へ差し入れ、股間を押しつけた。

「太いわ……、これが男なのね……」

玲が恭太の股間で呟き、左右から両手を突き出して恭太の腰を抱き寄せ、真ん中から口を寄せてきた。

やがて先端に、チロッと柔らかな舌が触れてきた。

「あぁっ……」

思わずビクッと反応し、声を洩らしてしまう。

しかし立ったまま、格子の間から見えるのは、座敷牢内の布団や本棚ばかりだ。

太い木組みのため、股間に屈み込んでいる玲の姿はほとんど見えず、どのように舐めているのか分からなかった。

とにかく正方形の隙間に玲の熱い息が籠り、亀頭にチロチロと舌が這い回っているのは事実なのだ。

そして完全に勃起し、ピンピンに張り詰めた亀頭が唾液にまみれると、玲はスッポリと含んできた。

彼女も、精いっぱい顔を格子の隙間に押しつけているのだろう。

含めるのは亀頭と、幹の中ほどまでぐらいが限界だった。

それでも、快感が充分に得られて、いつしか恭太は息を弾ませ、縛られていることすら忘れて身悶えていた。

玲の口の中は熱く濡れ、舌は別の生き物のようにヌラヌラと蠢《うごめ》いた。

さらにモグモグと唇でマッサージしながら、強く吸引してきた。

「ああっ……、い、いっちゃうよお……！」

あまりの妖しい快感に、恭太はあっという間に降参して口走った。

しかし玲は口を離さず、断続的に吸い上げ続けた。

「い、いく……！」

とうとう恭太は、立っていられないほどの快感に貫かれ、膝をガクガクさせながら昇りつめてしまった。

「ンン……」

恭太がドクドクと大量のザーメンを放出すると、玲は小さく呻き、それでも口を離さずに、全てを舌の上に受け止めた。

さらに吸い出され、恭太は最後の一滴まで絞り尽くした。

やがて玲は、ゴクリと喉を鳴らして飲み込み、尿道口のヌメリまで綺麗に舐め取ってから、ようやく口を離してくれた。

「も、もういいでしょう……、ほどいて……」

恭太が力なく言うと、玲も立ち上がってきた。

「いいよ。毎晩、ここへ来てくれるって約束してくれるなら」

「うん、約束する……」

恭太は何度も頷いた。

もちろん戒めが解かれたからといって、約束を反故《ほご》にするつもりもなく、ちゃんと来るつもりになっていた。

「そして、できればここの鍵も持ってきてほしい」

「そ、それは……」

「たいてい、亜津子おばが帯の間とかに、常に身につけてるはずだ。でも寝るときは外すだろう」

「うん……、チャンスがあったら必ず……」

それは、確約する自信はなかった。仮に鍵が手に入ったとしても、玲を野放しにしてよいものだろうか。また鎌を持って、恐ろしい通り魔に一変するかもしれないではないか。

やがて玲が、恭太の顔の前にきた。

そのまま、息がかかるほど顔を寄せて言う。

「姉さんと言って」

「ね、姉さん……」

「そうよ。今まで兄と思っていたのは間違いよ。分かったわね」

「うん……」

「キスしたいわ。舌を伸ばして」

玲が囁く。

恭太は、射精したばかりの脱力感の中、そろそろと舌を伸ばしていった。

玲も伸ばし、ヌラリと舌先が触れ合った。

間近で見る玲の顔は、やはりこうして見ると丸みのある女性のものだった。熱く湿り気を含んで吹きつけられる吐息も、理沙に近い果実のように甘酸っぱい匂いがしていた。

こうして座敷牢の中、誰に会うわけでもないのに、ちゃんと髪をとかし歯を磨いているのだ。

自分そっくりだから美しいと表現するのも変だが、そんな整った顔立ちの姉の吐息のかぐわしさと、濡れた舌の甘さに、恭太は激しく胸が高鳴ってしまった。

ややもすれば、射精直後のペニスさえ、ムクムクと急激に回復してきそうなほど刺激的だった。

長く会わなかったから、姉という抵抗感も薄れ、ましてずっと兄と思っていたのだから、全く初対面の女性のようなものなのだ。

「ンン……、美味しいわ。恭太、可愛い……」

玲が、舌を伸ばして熱い息を吐きながら囁いた。

玲は少しでも舌を伸ばして恭太の口の中を舐め、逆に恭太の伸ばした舌をちぎれるほど強く吸ってきた。

格子を間に、姉と弟の長く妖しいディープキスが続いた。

生温かな唾液を交換し、すっかり恭太が酔い痴れる頃、ようやく気がすんだか、玲が顔を離してきた。

そして約束どおり、恭太の両手を縛った帯を解いてくれた。

「いい？　必ず明日も来て」

「うん、約束する」

恭太は頷き、やがてパジャマの下半身を整えて、再び足音を忍ばせて自室へと戻っていった……。

3

「そうか、玲は屋敷内にいたか……」

由良子が言う。

してみると、誰もが玲は、どこかの病院に収容されたと思っていたらしい。

それを先代が揉み消し、座敷牢に閉じ込めたのだろう。

恭太は、理沙と一緒に鬼王神社に来ていた。

本殿が蒲地家の裏に移されてからは、もう参拝する人もいない荒れ果てた境内で、神社の建物も朽ちるまま放置されていた。

その境内の片隅に、由良子は住んでいた。

もと社務所だった建物の一室を住居にし、さらに別室に占い小屋を開いている。

多くの女子高生が来るその場所だけは、周囲とは空気が異なり、明るい日が射しているように思われた。

土地の者ではない、異質な者なのに、誰も追い出せないほどのパワーを持つ巫女。彼女だけが、この土地で冷静な判断と真実をつきとめられる人だと恭太は思い、こうして訪ねたのだった。

すると、由良子に淡い憧れを寄せている理沙も学校の帰りで、セーラー服姿のままついて来てしまった。

幸いなことに今日は、境内に入ろうとする恭太を、止める者もいなかったのだ。

占い小屋といっても、物々しい装飾などはない。単に普通の座敷で、言わば女子高生の文字通りの相談所のようなところなのだろう。

由良子は今日も、白い衣に朱色の袴をきっちりと着こなし、艶やかな長い黒髪を束ねて、二人を前に端座していた。

「私が玲に会ったのは、取り押さえた時の一度きりだが、すぐに女だと分かった」

由良子が、あの事件を思い出すように遠い目をして言った。

彼女も男言葉だが、凜《りん》とした澄み切った声によく似合い、紛いものの玲とは一味違っていた。

「いま思えば、邪悪の固まり。一人の人間にある正と邪、その片方だけを持っている人間だった」

「双子だから、本当は二人で一人だったのかな……」

恭太も、昨夜の玲の妖しげな印象を思い出して言った。

「外へ出たがっていたけど、もちろん出したらいけないよね」

恭太が言うと、それまで由良子の前で緊張気味だった理沙がビクッと震えて彼を見た。

「そんなこと以前に、東京へ帰った方がいいな」

由良子が、すでに占いの卦《け》を出しているように言った。

「鏡が割れて、片方が残る」

謎めいた言葉を言い、由良子が立ち上がった。

入口には、もう何人かの女子高生が並んでいる。由良子も戸を開け、そろそろ迎え入れる準備をはじめた。

恭太は、今日はこれで帰ることにし、理沙を促した。

「玲が女だったって、知ってた?」

「ううん……、いま初めて聞いて驚いたわ。だって……」

「だって、何?」

「私の身体に触りたがったりしたことがあったから……」

「同性も異性も、両方が珍しかったんだろうね。まだ小学校高学年じゃ、自分がどっちだか分からない時期だったのかもしれない」

二人は境内を出て、どちらからともなく歩き出した。

やがて理沙の家の方に行き、彼女が鍵を開けると、自然な感じで恭太も上がり込んでしまった。

「それにしても、あの巫女さん。幾つぐらいだろう。彼氏とかいないのかな。オナニーとかしないのかな」

「イヤらしい……」

どうにも神秘的な由良子が気になって言うと、理沙が嫉妬したように言った。

それで、ようやく恭太は、玲でも由良子でもなく、目の前の理沙に集中した。

理沙の部屋は、今日も甘い可愛らしい匂いが籠り、やはり両親の帰りは遅いようだった。

「でも、由良子さんの言うように、東京へ帰っちゃう？」

理沙が、少し不安気に言い、二人はベッドに並んで座った。

「いや……、たぶん僕はバスにも乗れないよ。亜津子おばさんが、逃がさないよう手配してるようだし」

「じゃ、ずっとこの町に住むのね？」

「そういうことになるかもしれない。まあ、別に殺されるわけじゃないし、それでもいいかなとも思ってる」

「でも分からないわ。鏡が割れるってことは、玲さんと恭太くんと、どっちかが……」

「まあ、充分に気をつけているから大丈夫だよ」

恭太は、安心させるように理沙の肩を抱いて言った。

実際、東京では恵まれなかった女性運が、この町では、それこそやりたい放題の殿様のように恵まれているのだ。いくら射精してもし足りない年代の恭太には、この町は魅力的であった。

そのまま理沙を抱き寄せて、唇を重ねた。

そう、こんなふうに、催したら行動し、拒まない相手がいるというのは何と幸福なことだろう。

美少女の柔らかな唇の感触と、甘酸っぱい匂いを味わいながら舌差し入れると、すぐに理沙の前歯も開かれた。

さらに濃い芳香を感じながら、恭太は理沙の甘く濡れた口の中を舐め回した。

彼女もチロチロと舌をからめ、トロリとした唾液を分泌させてくれた。

恭太は理沙の舌を吸い、甘い唾液で喉を潤しながら、彼女をベッドに押し倒していった。

執拗に唇を密着させながら、手探りでスカーフを解き、裾から手を入れてブラのホックまで苦労して外した。

ようやく大きくつろげられた胸元から、可愛らしいオッパイがはみ出してきた。

唇を離し、白い首筋を舌で這い下りて、覗いているピンクの乳首にチュッと吸いついた。

「あん」

理沙がビクッと身体を跳ね上げて喘ぎ、甘ったるい思春期の汗の匂いを揺らめかせてきた。

恭太はツンと硬くなっている乳首を舌で転がし、小刻みに吸った。

乱れたセーラー服に潜り込み、もう片方の乳首も同じように愛撫し、かぐわしい匂いと感触を充分に堪能してから、恭太は美少女の脚の方へと移動していった。

ソックスを脱がせ、汗ばんだ足裏や爪先に舌を這わせた。

「い、いやあん！　ダメ、今日も汚れてるから……」

理沙が脚をバタバタさせ、しきりに引っ込めようとしたが、恭太は強引に爪先をしゃぶり、ムレムレになった汗と脂の匂いを胸いっぱいに嗅いで、全ての指の股にヌルッと舌を割り込ませて舐めた。

両足とも、気がすむまで味わい尽くす頃、理沙はすっかりグッタリと脚を投げ出してしまっていた。

恭太は、スベスベでムッチリと肉づきのよい脚を舐め上げ、濃紺のスカートをまくり上げた。

そして純白の下着を引き脱がせ、両膝を全開にさせながら顔を寄せていった。

「あう、いや、恥ずかしい……」

理沙が声を上ずらせて喘ぐが、幼いワレメからはヌラヌラと透明な蜜が溢れ出ていた。

恭太は、楚々とした若草の丘に鼻を埋め込み、生ぬるく甘ったるい体臭を深呼吸しながら、ぷっくりしたワレメに舌を這わせていった。

少し内部に差し入れるだけで、ヌルッとした愛液のヌメリが感じられた。

恭太は次第に激しくペロペロと舐め回し、清らかな蜜をすすりながら、可愛いクリトリスを舐め上げた。

「ああッ……！」

理沙が、電撃でも走ったように股間を跳ね上げて反応し、そのまま腰をクネクネさせて喘いだ。

恭太は充分に舐め回し、例によって脚を浮かせてお尻の穴まで味わいながら、自分もズボンと下着を脱ぎ去ってしまった。

「ね、もう決心ついた……？」

「……」

処女をくれるかどうかということだ。

訊いても、理沙は答えない。

まあ、拒んでいないのだから、もう全てくれるということなのだろう。

恭太は肛門もワレメも充分に舐めつくし、理沙も狂おしく喘ぎ続け、すっかり準備が整った頃、ようやく顔を離し、身を起こしていった。

正常位で股間を進め、幹に指を添え、張り詰めた亀頭を美少女のワレメに押し当てて、しばらく上下にこすった。

理沙も、最後まで拒むことはなく、じっと息を詰めてその時を待っていた。

緊張と不安に内腿が小刻みに震え、小麦色の肌も血の気を失くして青ざめていた。

やがて気を高め、位置と角度も定めてから、恭太はゆっくりと挿入していった。

「あうッ……！」

亀頭がヌルッと潜り込み、処女膜を丸く押し広げると、理沙が顔をのけぞらせて呻いた。

そして、眉をひそめ、破瓜の痛みを堪えながら奥歯を嚙み締めた。

恭太は、そのままズブズブと根元まで貫いていった。さすがに狭く、内部は燃えるように熱かった。

きっちりと埋まり込むと、もう動けないほどの締まりに包まれ、恭太も無理に動かず身を重ねた。

ペニスや肉体に感じる快感以上に、処女を征服した感激が全身を包み込んだ。

恭太は充分に温もりと感触を味わってから、そろそろと腰を引いていった。

吸いつき、引っ張られるような快感があった。

「あん……」

再びズンと突き入れると、理沙が苦しげに声を洩らした。

「痛い？　やめようか……？」

「ううん……、大丈夫……」

内部は理沙の呼吸とともに悩ましい収縮を繰り返し、律動以上にペニスを刺激してきた。

やがて何往復かするうち、恭太はたちまち快感に突き上げられた。

「あ……、い、いく……！」

そのまま身を震わせて、勢いよくドクンドクンと射精した。

しかし理沙の方は、痛みも麻痺したようにグッタリとなり、ただ身を投げ出すばかりだった。

恭太は最後の一滴まで心地好く放出して体重を預け、理沙の甘酸っぱい吐息を間近に感じながら、うっとりと余韻に浸り込んだ……。

4

——夜、恭太はそろそろと亜津子の部屋に忍び込んだ。

彼女は、布団に仰向けになり寝息さえ聞こえないほど深く眠っていた。

室内に籠る甘い匂いに、恭太はムラムラと欲情し、このまま亜津子の布団に潜り込みたい衝動に駆られたが、ふと鏡台の前に置かれた鍵が目に入った。

「……」

恭太は迷った。

亜津子の甘い匂いに包まれようか、それとも約束を守って玲に会いに行くか。

昼間は、決して鍵を開けてはいけないと由良子に言われたし、恭太もそう思ったのだが、夜の魔力が恭太を突き動かした。

あの、自分と瓜二つの姉と、格子を間に挟まず、肌を重ねてみたい……。そんな衝動に駆られたのだ。

亜津子の肌なら、いつでもこんなふうに忍び込めば触れることができる。

しかし鍵は、いつもこんなふうに、すぐ目につくかどうか分からないのだ。

恭太は息を殺し、鏡台の前に置かれた鍵を手にして、忍び足で亜津子の部屋を出ていった。

冷たい廊下を小走りに進み、離れへと向かう。

そして最後の引き戸を開けると、座敷牢前の広間に出た。

「やあ、鍵は持ってきてくれた？」

玲は、寝ずに待っていたようだ。もっとも、昼間眠っているのだろう。

「うん……。だけど約束して。外へは出ないって」

恭太は、鍵を見せて言った。

「もちろん。外へ出たって行くところなどないもの。お前と、中でゆっくり話したいだけだよ」

玲も、穏やかに答えた。

恭太は格子に近づき、鍵を開けた。

格子の一部が手前に開き、恭太は少し緊張しながら牢内に入った。

広間は同じ空気のはずなのに、それでも牢内はいっそう濃く玲の甘ったるい匂いが感じられた。

「脱いで……」

玲が、自分も浴衣の帯を解きながら言う。

妖しく甘美な近親相姦への期待と興奮に、恭太も震える指で服を脱ぎ去った。

そして恭太がブリーフ一枚になると、やはりショーツ一枚になった玲が、いきなり彼の腕に帯を回してきた。

「え……？」

「バカだな、お前は」

玲が、爛々と目を光らせて恭太の顔を覗き込んだ。

そのまま、恭太は押し倒され、ズルズルと引きずられて格子に縛りつけられてしまった。

「ね、姉さん……、何するんだ……」

座ったまま後ろ手に縛られ、格子に固定されながら、恭太は足をバタバタさせて声を震わせた。

「今度は寝込みを襲ってやるんだ。男も女も、みんな腹を裂いてその肉を食ってやる。もちろん理沙もだ」

玲は言いながら、恭太の服を着はじめた。

「ど、どうしてそんなことを……」

「町の奴らはみんな、この家を尊敬し恐れている。でも私に対してだけは、誰もが気味悪がって敬遠していたからね」

「……」

「それに、人間のおなかの中って、裂いて見てみたくならないかい？」

玲は座敷牢を出た。

「ま、待って……！」

恭太は叫んだが、玲はもう振り返らず出口に向かった。

ところが、その時である。

玲の目の前で、バタンと引き戸が閉まった。

「ち、畜生……！」

玲は声を上げ、慌てて引き戸に手をかけた。しかし、向こう側からシッカリと施錠されてしまったらしい。

戸が閉まる寸前、チラッと亜津子の姿が見えたから、おそらく亜津子は、恭太が鍵を持っていったことに気づいて追ってきたのだろう。

「開けろお！　く、くそ……」

いくら叩いても、亜津子は施錠して、すぐに引き返してしまったらしく、もう何の反応もなかった。

「ふん、失敗だ……」

玲は溜め息をつき、苦笑しながら牢内に戻ってきた。

「ごめんよ。どうやら、一晩じゅう二人きりだ」

玲は、すっかり凶悪な色を消して、恭太の縛《いまし》めを解いてくれた。

そしてあらためて、恭太の服を脱ぎはじめた。

再び下着一枚になると玲は、自由になった恭太を自分の布団に仰向けに横たえた。

恭太は、とにかくほっとしていた。

用意周到に鍵を盗んだつもりだったが、やはり亜津子の方が一枚うわてだったようだ。

まあ、これで玲による二度目の凶行を防ぐことができた。

朝食までは二人きりだが、あるいは亜津子も、鍵を盗んだ恭太に対して怒っているかもしれず、いつ出してもらえるかは分からなかった。

やがて玲が添い寝し、恭太に腕枕してきた。

広間全体にはエアコンが効いているため寒くはなく、玲の肌はうっすらと汗ばんでいた。

入浴は、亜津子の監視の元でしているのか、あるいは身体を拭いているだけなのか、どちらにしろ体臭はそれほど濃くなく、スベスベの肌は清潔だった。

「もう一度、姉さんって言ってみて……」

玲の声も、すっかり女らしい柔らかなものに戻っていた。

「姉さん……」

「恭太、可愛い……」

玲が上から覆いかぶさり、ピッタリと唇を重ねてきた。

ほんのり唾液に濡れた唇が密着し、すぐにヌルッと舌が潜り込んできた。

恭太も前歯を開いて受け入れ、舌をからめた。

玲の舌は長く、恭太の口の中を隅々まで舐め回してきた。恭太は、甘酸っぱい吐息とトロリと注がれる唾液に酔い痴れた。

「ンンッ……！」

玲は次第に荒々しく熱い息を弾ませ、少しでも奥まで舐めるようにグイグイロを押しつけ、果ては恭太の唇にカリッと噛みついてきさえした。

「い、痛いよ……、切れちゃう……」

キスしたまま恭太が囁くと、ようやく玲が口を離してくれた。

少し切れたのかもしれず、唇がピリピリと痛んだ。玲が、そこをチロリと舐めてくれた。

「恭太、して……」

やがて玲が仰向けになり、恭太が上になった。

玲に圧倒されながらも、恭太は妖しい興奮にフラフラと行動を起こしはじめた。

張りのある乳房に顔を埋め、コリコリと硬くなっている乳首を左右交互に吸った。

汗ばんだ肌がかぐわしい匂いを漂わせ、玲は身を任せながら、終始優しく恭太の頭を撫で回していた。

「ああ……、気持ちいい……」

玲が、うっとりと喘ぎ、うねうねと身悶えた。

昨日は、格子の間から大胆に恭太にフェラチオしてきたが、こうして同じ部屋に入ると、今日は受け身になりたいようだった。

「脱がせて……」

玲が言う。

恭太は彼女の胸から顔を上げ、ショーツを脱がせていった。

そして開いた両膝の間に、恭太は顔を潜り込ませ、姉の股間に迫った。

「え……？」

玲の中心部を見た恭太は、思わず声を洩らした。

5

「こ、これは……？」

「変？　やっぱり」

「ううん、色っぽいよ、すごく……」

恭太は、気を取り直して、玲の股間を見つめた。

クリトリスが、かなり大きかった。それこそ、恭太の親指の先ほどもある大きさで、ちゃんと亀頭の形をしていた。

これなら、幼い頃は男の子と間違えられても不思議はない。

男として育てられた、もう一つの理由。昨夜、玲は言わなかったが、それがこの肉体的特徴だったのだろう。

包皮は完全にめくれたままになり、露出しっぱなしの大きなクリトリスは、恭太の亀頭よりも硬くツヤツヤと光沢があった。

その大きな突起の下には、やはりちゃんとポツンとした尿道口と、閉じられた陰唇があった。指でグイッと陰唇を開くと、おそらく処女であろう膣口も見え、周囲の襞も艶めかしく入り組んでいた。

その襞は、もう熱くネットリとした蜜にヌメり、ヒクヒクと悩ましく震えていた。

「舐めて……」

玲が言い、恭太の頭を引き寄せてきた。玲は、自分の欲求に対しては、実にストレートだった。

恭太は顔を埋め込み、先にワレメ内部から舌を這わせた。

ヌルッとした熱い感触があり、細かな襞が舌先に吸いつくようだった。

チロチロと舐め、浅く膣口にも差し入れ、陰唇の内側を充分に舐め回した。

柔らかな恥毛の隅々には、生ぬるく甘ったるい汗の匂いが満ち、ドキドキする性臭が今まで恭太が体験したどの女性たちよりも濃く、野性的に感じられた。

愛液の量は今までの誰よりも多く、とうとうワレメからトロトロと溢れて肛門の方まで濡らしはじめた。

恭太は彼女の脚を浮かせ、シズクをたどるように肛門まで舐め回した。

お尻の谷間にも女らしいフェロモンが籠り、肛門は可憐な襞の揃った綺麗なピンク色だった。

襞を唾液にヌメらせ、クチュクチュと舐めながら、内部にもヌルッと押し込んだ。

「ああっ……、気持ちいい……」

玲が息を弾ませ、初めての快感を味わうようにキュッキュッと肛門を収縮させた。

恭太も、舐めながらすっかり興奮が高まり、ムクムクと勃起し、ブリーフも脱ぎ捨ててしまった。

そして充分にワレメと肛門を味わってから、いよいよクリトリスに舌を這わせていった。

赤ん坊のペニスほどもあるクリトリスは、陰唇と同じ艶々したピンクで、何とも艶めかしい形状をしていた。あるいは、恭太が童貞の時に玲の肉体を見ていたら、これが通常の女体だと思ってしまったかもしれない。

性器そのものに匂いはなく、舌を這わせると、硬いような、柔らかなような微妙な感触があった。

自分の勃起時の亀頭も、こんな感触だろうか。

恭太は下から上へと舐め上げ、すっかり唾液に濡らした。

「ああん……、いいわ、もっと……」

玲が、次第に声を上ずらせ、股間をガクガク跳ね上げはじめた。

大きなクリトリスを愛撫しはじめると、格段に愛液の量が増し、いつしか白っぽく濁った蜜がポタポタと滴るほどに溢れてきたのだ。

恭太は、充分に舐め回してから、チュッと含んで吸いついた。

大きいので、やはり舐めるよりも含む方が合っているようだ。恭太は、大きなクリトリスと言うよりも、まるで小さなペニスにフェラするかのように、夢中でしゃぶりついた。

「アアーッ……！　気持ちいい、すごいわ。もっと吸って……、噛んでもいい！」

玲が激しく腰をよじり、愛液を噴出させながら口走った。

恭太は、もがく腰を押さえつけながら、さらに硬く勃起したクリトリスを唇に挟んでモグモグと刺激したり、言われたように軽くカリッと歯を立てたりした。

「い、いい……！　恭太のも、食べたい……」

玲が恭太の下半身を求め、引き寄せてきた。

恭太はクリトリスを舐めながら身体を反転させ、お互い横向き同士で、相手の内腿を枕にしたシックスナインの体勢になった。

「ぼ、僕のは噛まないでよ……」

念を押したが、返事もなく玲は恭太のペニスにしゃぶりついてきた。

「ンンッ……！」

一気に喉の奥まで呑み込み、口の中をキュッキュッと締めつけながら、舌を激しくからませてきた。熱い息がお尻の谷間に吹きつけられ、たちまち勃起したペニスは根元まで温かな唾液にまみれた。

恭太も、快感を味わいながら玲のクリトリスを吸った。

玲は喘ぎながら、さらに恭太の陰嚢をしゃぶり、肛門にまでペロペロと舌を這わせてきた。

「く……！」

恭太は快感をこらえ、互いに我慢くらべでもするように相手の最も敏感な部分を愛撫し続けた。

「恭太、お願い、して……！」

再びペニスを含んでいた玲が、スポンと口を離して言った。

「い、いいの……？　姉弟なのに……」

「かまわないわ。どうせ私には、お前の他は誰もいないのだから……」

玲が言い、恭太も彼女の股間から顔を上げ、身を起こした。

そして仰向けの玲に正常位でのしかかり、大きなクリトリスの下で愛液が大洪水になっているワレメに、先端を押し当てた。

何度か深呼吸して気を落ち着かせ、やがて恭太は、姉の膣口にヌルヌルッと押し込んでいった。

処女膜が心地好くペニスを締めつけ、ペニスは根元まで深々と潜り込んだ。

一日に、理沙と玲、二人の処女を征服するのも何かの縁と言うべきか。

しかし、さすがに一人でのオナニーの長い玲は、理沙より痛そうでもなく、すっかり快感を受け止めながら両手を回してきた。

「アアッ！　あ、熱いわ……」

ビクッと身を反らせた玲は、下からしっかりとしがみつきながら初体験の感激に息を弾ませた。

恭太も、完全に姉と一つになりながら、他の女性とは全然違う感覚に包まれていた。

何しろ鏡に映したように瓜二つなのだ。それはまるで自分自身とセックスしているような不思議な気分だった。内部はさすがに狭く、キュッと締めつけてくる感触と熱いほどの温もりが最高だった。

玲は、待ちきれないように下からズンズンと股間を突き上げてきて、恭太もそれに応えて腰を突き動かしはじめた。

膣内は吸盤のように吸いつき、恭太の下腹部を刺激する恥骨のコリコリと一緒に、間に挟まれた大きめのクリトリスの存在もしっかりと感じられた。

たちまち恭太は、急激に高まってきた。

「い、いきそう……」

「いいわ、恭太、出して……！」

玲が言い、恭太の背に爪まで立ててきた。

恭太は大きく妖しい、禁断の快感に全身を貫かれた。

「あう……、ね、姉さん……！」

恭太は口走り、大量のザーメンを噴出させた。

「アアーッ！　い、いく……！」

玲も、ガクンガクンと全身を跳ね上げながら、初めてなのに絶頂の快感に貫かれてしまったようだった……。

第六章　拡張検査

1

「あ……、亜津子おばさん……」

恭太が目を覚ますと、目の前に亜津子が立っていた。彼の傍らには、玲が眠っている。

高い天井の灯り取りから、日が射していた。

もう朝のようだ。

「服を着なさい」

亜津子は、全裸で布団に並んで寝ている二人を見下ろして言った。ひと目で、姉弟が交わってしまったことを見抜いたに違いない。

恭太は起き、自分の服を着た。

玲は、いったん眠ると少々のことでは目を覚まさないようだ。

それで亜津子も、朝になってようやく鍵を開けて恭太を迎えに来たのだろう。

恭太が座敷牢を出ると、亜津子も一緒に出て、すぐに戸を閉めて鍵をかけた。

しっかり施錠してから、鍵を帯の間に挟み、亜津子は先に広間を出て、恭太も続いた。

「ご、ごめんなさい……、黙って鍵を持ち出したりして」

「玲に油断しないようにね。人間らしいのは、外見だけだから」

廊下を進みながら、亜津子が振り返らずに答える。

「じゃ、中身は？」

恭太が訊いても、亜津子は何も言わなかった。

やがて亜津子は自室に戻り、恭太は顔を洗い、厨房で冷えた朝食をとった。

もう午前十時だ。

昨夜、玲ともつれ合い、心地好い疲労の中で、かなりぐっすり眠ってしまったようだ。もう朝昼兼用の食事になってしまった。

亜津子は、もう玲の生活サイクルを熟知しているらしく、やがて目を覚ます頃に食事を持っていくのだろう。

恭太は外へ出た。

図書館に行くか、それとも学校へ行って真由美先生に会うか考えた。

この土地のことを調べ、同時に欲望も満たせるとなると、彼女を訪ねるのが一番だと思った。

女性に恵まれていることには我ながら驚くが、それ以上に昼も夜も、いくら射精しても足りず、永遠にやり続けてもかまわないと思えるほどだった。

これは、やはり特別な体質、あるいは能力というべきなのかもしれない。

と、そのとき恭太は理沙を見かけた。

セーラー服姿なので、午前中の授業を終え、下校途中なのだろう。

しかし、家への方角が違うと思って見ていたら、会田医院に入ろうとしていた。

そこで恭太は声をかけた。

「どこか悪いの？」

「恭太くん」

振り返った理沙は、花のような笑みを浮かべた。用をすませたら会いにきたかったのだろう。

どうやら母親が風邪気味で、薬を取りにきただけのようだ。

恭太も、一緒に医院に入った。

受付の人もおらず、すぐに白衣姿の亜矢子が出て来て薬を出してくれた。

看護婦も帰ったようで、どうも町に一軒の医院のわりにはあまり忙しくないようだ。

もっとも亜矢子も蒲地の一族だから、毎日ノンビリしていられるのだろう。

あるいは重病人など厄介な患者が来た時は、市民病院に紹介状を書き、すぐ廻してしまうのかもしれない。

「入って」

亜矢子が言い、恭太は理沙と一緒に診察室に入った。

もう薬をもらい、用がすんだのに呼ばれて、理沙は怪訝そうだった。

亜矢子は、恭太と理沙を並べて診察ベッドに座らせ、まるで診察でもするように、その正面の椅子に腰を下ろした。

「妊娠検査してあげるわ。これを使って」

亜矢子が、理沙に紙コップを渡して言う。

「え……？　何の検査ですか……？」

理沙が聞き取れなかったように訊き返した。

「妊娠よ。二人、セックスしているんでしょう？」

「そ、そんな……」

何げない口調で言われ、理沙は心外そうに答え、困ったように恭太を見た。

「とにかく、妊娠していたら困るでしょう？　これにオシッコを入れて、この試験紙を浸けるの。見てなさい」

言いながら亜矢子は、もう一つの紙コップを取って立ち上がり、手早く白衣の裾をめくり上げて股間を丸出しにした。

下は黒のストッキングとガーターベルトだ。

最初からショーツは着けておらず、太腿の付け根の白い肌と、黒々とした恥毛のコントラストが艶めかしかった。

「……！」

二人が呆気にとられている間に、亜矢子はコップの中にゆるゆると放尿をはじめてしまった。

やがて流れが治まり、紙コップは新鮮なオシッコになみなみと満たされた。亜矢子は湯気の立つそれをいったん机に置き、ティッシュでワレメを拭いた。

そのまま無造作にティッシュをクズ籠に捨て、白衣の裾だけ下ろした。

そして自分のオシッコに試験紙を浸し、引き上げて二人に見せた。

「ね？　妊娠していると、こんな色になるの」

言われて、恭太は目を丸くした。

「あ、亜矢子先生、妊娠してるの……？」

亜矢子はただ涼しい顔で頷くだけで、相手のことは言わない。

もしかしたら、自分が妊娠させたのではないか、と恭太は思った。何しろ亜矢子は恭太がこの町に来て最初に交わった女性なのだ。

「さあ、してみて。そうすれば安心するでしょう？」

亜矢子は、自分のオシッコを流しに捨て、紙コップをクズ籠に投げ込んで椅子に戻った。

理沙が、どうしよう、というふうに恭太を見た。まだ初体験一回きりだが、言われてみれば不安なのだろう。

「濡らすといけないわね。持っててあげる」

亜矢子が言い、身を乗り出して理沙をベッドに押し上げた。

そのまま濃紺のスカートの中に手を入れて強引に下着を降ろし、ベッドの上でしゃがみ込ませてしまった。

「ああん、こんな所でできません。トイレで……」

「ダメよ、コップを倒したら困るでしょう」

亜矢子は幼児でもあやすように言い、しゃがんだ理沙を押さえつけ、もう片方の手で紙コップを支えた。

スカートがめくれて、M字型に開いた健康的な脚がムッチリと量感を増し、股間のワレメがぷっくりと丸く膨らんで見えた。縦線がわずかに開いて、ピンクの花びらと内部のお肉も覗いていた。

その真下で、亜矢子が紙コップを持ち、水流が拡散してお尻やベッドを濡らさないように、とうとうワレメをグイッと広げてしまった。

細かな襞の震える膣口や、ツンと顔を覗かせたクリトリスまでが丸見えになった。

「あん……、できない……」

二人に見られ、理沙が髪を揺らしていやいやをした。

しかし、覗いているポツンとした尿道口はヒクヒクと震え、内部のお肉ごと迫り出すような収縮をはじめていた。

その内側が、みるみるヌラヌラと潤ってくるのが分かった。

恥ずかしくも異常な状況に、理沙は徐々に興奮しはじめているのだろう。

「さあ、大丈夫だから出しなさい」

亜矢子が囁くと、やがて観念して力を入れはじめたのか、張りのある下腹がヒクヒクと震えた。

「あ……、本当に出ちゃう……」

理沙がか細い声で言い、同時にワレメの真ん中からチョロッと水流がほとばしってきた。

少し紙コップの位置が狂い、流れが亜矢子の手の甲を濡らした。

それでも、チョロチョロと勢いをつける流れを受け止め、紙コップの中の水かさが増してきた。

「ああっ……！　溢れちゃう……」

「大丈夫よ、こぼれないから、落ち着いて最後まで出しなさい」

理沙はコップに泡立つ音に、さらなる羞恥を覚えたようにクネクネと身をよじり、そのたびに揺らぐ流れを亜矢子が巧みに受けた。

やがて、紙コップ八分目ほどで放尿が終わった。

亜矢子は注意深く紙コップを離し、ビショビショになったワレメにティッシュを当ててやった。

理沙も、そのティッシュを受け止めながら、力尽きたように、そのままベッドにごろりと横になってしまった。

「安心して。妊娠してないわ。ほら」

試験紙を浸した亜矢子が言い、理沙と恭太に見せた。確かに、亜矢子が浸したときとは色が全然違っていた。

しかし理沙は見る気力もなく、横たわったまま、ただハアハア荒い呼吸を繰り返すばかりだった。

2

「あらあら、いくら拭いても拭いても濡れてくるわね」

亜矢子が、理沙を仰向けにし、ワレメを覗き込みながら言った。

そしてオシッコと愛液をタップリ吸ったティッシュを受け取って捨て、亜矢子は眼鏡を外すと、そのままピッタリと理沙のワレメに口を押し当ててしまったのだ。

「……」

見ていた恭太は、女同士の行為に激しくゾクゾクと興奮してきた。たちまち診察室内は淫らな空気に包まれ、消毒液の匂いに混じって、美女と美少女のフェロモンが籠りはじめた。

恭太は痛いほど股間が突っ張って、すぐにも二人の間に参加したいと思ったが、まだまだ見ていたい気もして、椅子から立てなかった。それほど女二人の絡み合う姿が美しく、犯し難い神聖な雰囲気さえ持っていたのだ。

それに熟《う》れた亜矢子と未成熟の理沙のコントラストも、妖しく艶めかしかった。

「ンン……」

亜矢子は熱い息を弾ませ、まだオシッコの匂いとシズクの残るワレメ内部にペロペロと舌を這わせた。

「アアッ……！　い、いや……」

理沙は、自分の身に何が起こったのかも分からず、激しい刺激に身悶えながら声を震わせた。

しかし拒んだり突き放す気力はなく、むしろ次第に理沙は、同性の愛撫にグッタリとなっていった。

亜矢子はさすがに女同士で、最も感じる部分を熟知しているかのように、陰唇の内側をそっと舐め上げ、指の腹で包皮を押し上げ、完全に露出したクリトリスに吸いつき、あらゆるテクニックを駆使していた。

そしてピチャピチャと猫がミルクでも舐めるような音が響くたび、

「あん……！」

理沙の口から喘ぎ声が洩れ、ビクッと股間が跳ね上がった。

亜矢子は仰向けの理沙の股間に顔を埋め、四つん這いのままお尻だけ大きく突き出していた。

その白衣の裾がめくれ、ノーパンのお尻が見え隠れしていた。

あまりの艶めかしさに、とうとう恭太も立ち上がり、フラフラと誘われるように亜矢子のお尻に迫った。

黒いストッキングの足からサンダルを脱がせ、そっと足裏に鼻を当てると、ほんのりと汗ばんだ匂いがあった。

恭太は両足の爪先を嗅ぎ、すぐにお尻に顔を上げた。

太腿の付け根でストッキングが終わり、滑らかな素肌が見えていた。

完全に裾をめくり、巨大な桃の実のようなお尻の谷間を両の親指でムッチリと開くと、ピンク色の襞の揃った肛門が息づいていた。

鼻を埋め込むと、谷間全体に満ちる汗の匂いが感じられ、恭太はそろそろと細かな襞に舌を這わせていった。

「ク……」

亜矢子は理沙のワレメを舐めながら小さく呻き、キュッキュッとツボミを収縮させて愛撫に応えてきた。恭太は唾液に濡れた肛門に舌を差し入れ、ヌルッとした柔らかな粘膜を味わい、少しでも奥へ入れようと押しつけながら、内部でクチュクチュと蠢かせた。

白く丸いお尻がクネクネと悩ましく動き、すっかり興奮に上気し、色っぽい薄桃色に染まってきた。

やがて充分に美人女医の肛門を味わい尽くすと、恭太はベッドの端に仰向けになって、亜矢子のワレメを引き寄せた。

彼女も応じるように、ギュッと股間を押しつけてきた。

柔らかな恥毛が鼻にこすれ、ゾクゾクする汗の匂いと性臭が混じって恭太の鼻腟を刺激してきた。

はみ出した陰唇の内側も、すっかり熱くネットリと潤っていた。

舌を差し入れると、ヌルッとした愛液と柔肉が迎え、恭太は内部をペロペロと隅々まで舐め回した。

「ウウッ……！」

クリトリスを舐めると、亜矢子が呻いて、滑らかな下腹をピッタリと恭太の顔に押しつけてきた。

この中に、本当に胎児が息づいているのだろうか。そして、その子の親は誰なのだろう。自分でないとしたら、どこにいるのだろうかと思った。

仰向けのため、恭太自身の唾液がワレメに溜まることがないから、溢れて滴ってくる愛液の様子がよく分かった。

「交代よ……」

四つん這いの姿勢に疲れたように、亜矢子が身を離してベッドを下りた。

恭太がゴロリと腹這いになって前進すると、すぐそこに理沙の股間があった。

大きく開かれた内腿の真ん中に、やはり亜矢子とは違う初々しいワレメがあり、内から溢れる蜜と亜矢子の唾液でヌルヌルになっていた。

顔を押し当てると、

「ああっ！」

亜矢子と違う感覚に、理沙がキュッと内腿を締めつけてきた。

恭太は、すっかり濡れている内部を舐め回した。柔らかな若草には幼い汗の匂いが籠り、ワレメの周囲には亜矢子の唾液の匂いも少し入り混じっていた。

処女を失い、急激に成長したように陰唇はすっかり興奮に熱く色づき、クリトリスも精いっぱい硬く勃起していた。

と、亜矢子が理沙の上半身に迫り、セーラー服を脱がせはじめた。

たちまち可愛いオッパイが丸出しになり、そこへ亜矢子が屈み込んで、チュッと桜色の乳首に吸いついた。

「ダ、ダメ……、ヘンになりそう……」

理沙が、上と下からの攻撃に身をクネらせ、今にも達してしまいそうに声を上ずらせて言った。

かまわず、亜矢子は両の乳首を交互に含み、微妙なタッチで舌で弾いていた。

そして幼いオッパイを揉みながら、汗ばんだ首筋を舌で這い上がり、とうとう女同士でピッタリと唇を重ねてしまった。

「ム……ンン……」

理沙は熱い息をくぐもらせ、苦しげに呻いた。

亜矢子ぐらいの妖怪じみた淫らな熟女になると、もう相手が少年でも少女でも関係ないのか、欲望を剝き出しにし、執拗に舌を差し入れはじめたようだ。

理沙の方も、いったん舌を触れ合わせ唾液を混じらせてしまうと、すぐに同性という抵抗感も吹き飛んでしまったかのように、チロチロとからませた。

その愛液の量もどんどん増え、もう尿のしずくも亜矢子の唾液も残っていないのか、トロリとした粘り気と淡い酸味だけが恭太の舌を熱く濡らしていた。

クリトリスを舐めるたび、ビクッと内腿に力が入っていたが、それが長く繰り返されると、最後はぐんにゃりと力が抜けたようになっていった。

やがて亜矢子が、同性に飽きたように、今度は恭太の下半身に迫ってきた。

そしてさっき自分がされたように、恭太のズボンと下着を脱がせ、四つん這いになっている彼のお尻に熱い息を吹きかけてきた。

「う……」

恭太は、柔らかく濡れたもので肛門に触れられ、思わず呻いた。

亜矢子の舌だろう。

それはヌラヌラと小さな円を描くように肛門を舐め、ゆっくりと唾液でヌメらせてきた。

恭太は、肛門から熱い風が入ってくるような、ゾクゾクする妖しい快感に震えながら、懸命に理沙のクリトリスを舐めた。

そのうち亜矢子は、恭太のペニスや陰嚢にも指を這わせながら、とがらせた舌先をヌルッと肛門に押し込み、クチュクチュと内部で蠢かせてきた。

「ああっ……！」

もう、恭太は愛撫に集中できないほど感じてしまい、声を洩らした。

そのまま理沙の股間から顔を離し、キュッキュッと肛門を締めつけて、最も不浄な部分で美女の熱く濡れた清らかな舌を感じた。

3

「寝て……、今度は二人でしてあげる」

亜矢子がお尻から顔を上げて言い、理沙をベッドから降ろしながら、恭太を仰向けにさせた。さらに上半身まで脱がし、恭太を全裸で横たわらせ、上からのしかかってきた。

するとし、それを見た理沙も、すっかりメロメロになっている身体を立て直し、競い合うように恭太に迫ってきた。

亜矢子がピッタリと唇を重ねてくると、理沙も割り込んでくる。

二人の熱く甘酸っぱい息が混じり合い、その熱気に恭太の顔じゅうが湿り気を帯びてくるようだった。

三人で舌をからませ、ミックスされた唾液で喉を潤し、すっかり受け身になった恭太は、強烈なキスだけで昇りつめそうになってしまった。

やがて亜矢子が離れ、恭太の頰や耳を舐めると、理沙も負けまいとして同じようにしてきた。

恭太の顔は、全面、美女と美少女の唾液でヌルヌルになり、非対称に蠢く舌の刺激に、まるで顔が亀頭そのものになったかのように感じてしまった。

耳たぶを嚙まれ、両の耳の穴に舌が潜り込んでクチュクチュ動かされると、もう濡れた舌の蠢きしか聞こえなくなり、頭の中の隅々まで舐められているような気分になった。

ようやく亜矢子の舌が首筋を這い下り、左の乳首に達すると、少し遅れて理沙の唇も右の乳首に吸いついてきた。

内心では、恭太を自分のもののように愛撫する亜矢子に、理沙も嫉妬しているのだろうが、最初に亜矢子の愛撫で感じてしまった手前、独占するわけにもいかず、すっかり美人女医の淫らなパワーに巻き込まれてしまったようだった。

「ああっ……」

恭太は、二人の息と舌に肌をくすぐられ、身をよじらせて喘いだ。

まるで縦に半分ずつ、二人の女性に食べられているような快感だ。

実際、時には亜矢子もカプッと歯を立てて、肉をくわえ込んで強烈な刺激を与えてきたりした。

そして二人の熱い息が徐々に下降し、とうとうピンピンに勃起しているペニスに近づいてきた。

先に亜矢子が股間に潜り込み、内腿を舐め上げ、ペロッと陰嚢にしゃぶりついてきた。続いて理沙も同じように顔を突き合わせ、熱い息を籠らせながら陰嚢に舌を這わせてきた。

シワシワの全体が二人の唾液に濡れ、睾丸が一つずつチュッチュッと断続的に吸い上げられた。

「あうう……、ま、待って……」

恭太は喘ぎ、爪先を反らせて快感に堪えた。これでは、二人の愛撫がペニスに届く前に漏らしてしまいそうだ。

すると、今度は理沙の方が先にペニスの裏側を舐め上げてきた。

美少女の柔らかな舌が、まるでシルク感覚のように滑らかに、根元から先端までを這い上がっていった。

続いて亜矢子も幹を舐め、いつしか二人の舌は張り詰めた亀頭に集中していた。

まるで二人で、争いながら一個のキャンディを舐め合っているようだ。

さらに亜矢子がスッポリと亀頭を含んでしゃぶり、強く吸いながらスポンと引き抜いた。

すぐに理沙も喉の奥まで呑み込み、内部でクチュクチュと舌を蠢かせながら吸い、チュパッと無邪気な音を立てて引き抜いた。

それが交互にスポスポと繰り返されると、もう恭太は限界だった。

「い、いっちゃう……」

恭太が降参したように口走ると、

「いいわ。出しちゃって。二人で飲んであげる」

亜矢子が言い、危うくその言葉だけで果てそうになってしまった。

再び、二人がかわるがわる亀頭をしゃぶり、しなやかな指までが根元や陰嚢に這いはじめた。

「ああっ……!」

とうとう恭太は、大きな快感に全身を貫かれてしまった。相手は二人だと、快感も二倍になったように感じられた。

充分すぎる助走を経て、大量のザーメンが勢いよく一気に噴き上げた。

「あん……!」

目を直撃され、理沙が声を洩らした。

もちろん噴出の途中も、二人が交互に含んで吸い取ってくれた。

やがて恭太は身を震わせる快感の中、最後の一滴まで出し尽くした。

なおも二人は熱い息を弾ませて、恭太の下腹部を濡らしたザーメンをすすり、まだヌメッている尿道口をペロペロと舐めて清めてくれた。

4

「ほら、もっとお尻を上げて……」

恭太が椅子に戻って休憩していると、亜矢子が再び、理沙をベッドに四つん這いにさせ、お尻を覗きこんでいた。

恭太は、まだ快感の余韻に浸りながら、ぼおっと眺めていたが、全裸の美女と美少女のコントラストに、またすぐにも股間がムズムズと反応してきてしまった。しかもまだ全身が二人の唾液にベタつき、甘酸っぱい匂いを放って官能を刺激してくるのである。

「お尻の穴も、うまく使えば大変な快感になるのよ。妊娠の心配もないし。ほら、力を入れないで」

亜矢子は囁きながら、指で理沙のお尻の谷間を開き、ピンクの肛門に舌を這わせていた。

「あう……！」

ヌルッと舌を入れられるたび、理沙は小さく呻いてビクッとお尻を震わせた。

やがて亜矢子は、充分に舐め回してから、やはり唾液に濡れた指をズブズブと押し込んでいった。

「くっ……！」

「もっと力を抜いて、痛くないでしょう？」

亜矢子は幼児をあやすように囁きながら、とうとう指を根元まで押し込んでしまった。

おそらく奥深い部分で、指先がクネクネ蠢いているのだろう。

理沙の肌は薄桃色に染まり、ジットリと汗ばんできたようだ。

亜矢子は、内部の括約筋を揉みほぐしてから、ゆっくりと指を引き抜いた。

「アアッ……！」

粘膜まで引っ張られるような感覚に、理沙は呻き、お尻をクネクネさせて悶えた。

指をヌルッと引き抜いた亜矢子は、ウェットティッシュで指を拭い、さらに銀色に光る金属の器具と、小さな容器を取り出した。

器具はクチバシ型で、多分、検査などに使用するものだろう。容器から垂らしたゼリーを、亜矢子は器具と肛門の両方にヌルヌルと塗り付けた。

「う……」

理沙は、ヌラつく違和感に声を洩らした。

亜矢子は、クチバシの先端を肛門に押し当て、注意深く挿入していった。

「あう！　何するの……！」

「ダメよ、口で息をして、力をゆるめるの」

言いながらも、亜矢子は容赦なくズブズブと押し込んでしまった。

そしてネジを回すにつれ、内部に埋まり込んだクチバシが、キリキリと開きはじめたようだった。

「見る？」

亜矢子が、恭太を振り返って言った。

恭太もすぐに立ち上がり、診察ベッドに近づいた。

「いや、見ないで……」

理沙はか細い声で言ったが、もう、お尻をクネクネ動かす気力さえ残っていないようだった。

恭太が覗き込むと、理沙の可愛い肛門は様相を一変させていた。

深々と潜り込んだクチバシが開き、ぽっかりと丸く開いて、内部の奥の方まで見ることができた。

しかも、その中に亜矢子がライトを当てた。

直腸の内壁がヌメヌメとし、色はピンクよりも赤に近く、思ったより汚れの付着などは見当たらなかった。

「綺麗だ……」

「そうでしょう？　匂いもそんなにないのよ。もっと顔を近づけて」

亜矢子に言われ、恭太は触れるほど顔を寄せた。

「やあん……」

穴の奥にまで、熱い光と視線を感じ、理沙が泣きそうな声を上げた。

おそるおそる嗅いでみると、ほんのりとした熱気と湿り気に、生々しい刺激臭が含まれていたが、それも予想していたほど不快ではなかった。

内部ではクチバシが左右に開いているため、見える内壁は上下のみで、それが内側に丸みを帯び、ヌメヌメした粘膜が微かに息づいていた。

「舐めても大丈夫よ」

亜矢子に耳元で囁かれ、恭太はそのまま舌を差し入れてみた。

冷たく硬い金属が触れたが、間から舌を伸ばすと、通常の愛撫では得られない部分まで舌が届き、ヌルッとした感触が味わえた。

「ダメ……、恭太くん、汚いから……」

理沙が必死に息を詰めて言うが、恭太は舌が疲れるまで舐めてから、ようやく顔を上げた。

亜矢子も、内壁を挟まないよう注意しながら、ようやく理沙の肛門からクチバシを引き抜いた。

ぽっかり丸く開いていた肛門は、すぐに閉じられ、元の可憐なツボミに戻っていった。

「なんか、トイレ行きたくなっちゃったあ……」

まだ残る違和感に、理沙がモジモジと言った。これだけ肛門を刺激されたのだからトイレは大きい方だろう。

「見ててもいい？」

「ダメ、それだけは絶対に！」

理沙が怒ったように声を上げ、ベッドを降りた。

「トイレはそっちよ。ついでにシャワーも浴びてきていいわ。タオルも用意してあるから」

亜矢子が言うと、理沙は全裸のまま小走りに診察室を出ていった。

「私のも見る?」

亜矢子が熱っぽい眼差しで囁き、別のクチバシを取り出して、自らベッドに仰向けになった。

それを、先に膣口にヌルヌルッと押し込んで、内部で広げてくれた。

恭太もベッドに乗り、ライトを当てて覗き込んだ。

「ほおら、こうなっているのよ」

言いながら、亜矢子は内部をヒクヒク震わせた。

クチバシは、子宮と膀胱の間を押し広げるように、上下に開かれていた。

左右の内壁が内側へ丸く突き出し、肛門とはまた違うヒダヒダが気持ちよさそうだった。

色は、むしろ淡いピンク系で、内壁一面は愛液にヌルヌルと潤っていた。

いちばん奥の方に見える赤っぽい丸みが、子宮の入口なのだろうか。

「どう? 身体ごと入ってみたくなるでしょう」

「うん。すごく綺麗で、気持ちよさそう……」

恭太が言い、気がすんだように顔を上げると、亜矢子は膣から器具を引き抜き、別のものを用意した。

「舐めてヌルヌルにして……」

亜矢子はまだ器具を入れず、自ら浮かせた両足を抱え込み、肛門を丸見えにさせてきた。

ピンクのそれは、ややレモンの先のように襞を盛り上げ、艶めかしく収縮しながら恭太の愛撫を待っているようだった。

恭太は屈み込み、チロチロと舌を這わせはじめた。

細かな襞の舌触りが心地好く、亜矢子の方も力をゆるめ、受け入れるように開かせはじめた。

やがて充分に唾液にヌメると、とがらせた舌先をヌルッと押し込み、内部も濡らすようにクチュクチュと出し入れさせた。

「いいわ、これ入れて……」

亜矢子が息を詰めて言い、すでにゼリーの塗られたクチバシを手渡してきた。

恭太は舌なめずりし、受け取った器具の先端をそっと肛門に押し当て、角度に気をつけながら、そろそろと挿入していった。

器具はさすがに、実に入りやすい形状をしていた。

それは滑らかにヌルヌルと潜り込み、恭太は亜矢子の指示でネジを回し、内部でクチバシを開かせていった。

さらにライトを当てて覗き込むと、奥の方が、次第に開いていくのが分かった。

完全に開き、ぴんと押し広がると、直腸の内壁の様子がよく観察できた。

ヌメヌメする粘膜は、やはり濃いピンクで、膣内ほどの襞はないが、うっすらとした毛細血管が透けて、何とも綺麗だった。

鼻を押しつけてみると、ほんのりとした熱気と、秘めやかな匂いが感じられた。

「ここに入れたい？」

「うん……」

「じゃ、中にいっぱいツバ垂らして」

言われて、恭太は舌を差し入れ、ヌルヌルする内壁を舐め回した。吸いつくような感触とともに、甘苦い味覚が舌に触れたが、これが粘膜そのものの味なのか排泄物の味なのか分からなかった。

さらに内部に唾液を垂らし、充分なヌメリを与えておいた。

そして再び亜矢子の指示どおりに器具を引き抜くと、肛門はキュッと閉じられ、わずかに唾液の小泡を滲ませた。

「入れる前に、舐めて濡らしてあげる」

亜矢子が言い、恭太は彼女の胸を跨ぐように、股間を沈み込ませた。

すっかり回復しているペニスが、チュッと美人女医に含まれた。

「ああ……」

恭太は、たちまち亜矢子の新鮮な唾液にまみれ、熱い息を股間に感じながら声を洩らした。

そして彼女の口の中で舌に翻弄され、ムクムクと最大限に勃起し、モグモグと唇で幹を刺激されて、すっかり準備が整った。

「先に、前に入れてから」

亜矢子が口を離して言うと、恭太もすぐ正常位で一気に挿入していった。

熱い柔肉に、ペニスはヌルヌルッと根元まで入り、身体を重ねると熟れた肌がクッションのように心地好く迎えてくれた。

「ああ……、気持ちいい……。でもまだいかないで……」

亜矢子も熱く甘い息を弾ませ、下から股間を突き上げながら言った。

恭太は何度か突き入れ、昇りつめる寸前で、そのたびに動きを止めた。

すると亜矢子が、自ら両足を抱え上げてきた。

恭太も身を起こしながら、ゆっくりとペニスを引き抜き、充分に濡れた先端を、亜矢子の肛門に押し当てた。

「いいわ、きて……」

亜矢子が力をゆるめ、口で呼吸しながら言った。

恭太がグイッと力を入れると、張り詰めた亀頭が襞を丸く押し広げて、思ったよりも簡単にヌルッと潜り込んだ。

「あう……、もっと奥まで、平気よ……」

亜矢子がビクッと顔をのけぞらせて言い、恭太もズブズブと根元まで深々と貫いてしまった。

完全に股間を密着させると、お尻の丸みが当たって弾み、何とも心地好かった。

さすがに入口は膣より狭いが、内部の方はそれほどでもなかった。

それでもヌルヌルする粘膜が幹に吸いつき、膣と違った微妙な快感がジワジワと突き上がってきた。

「突いて……」

言われて、恭太が様子を見ながら小刻みに突くと、

「アアッ……！　いい……」

亜矢子が脂汗を滲ませて喘ぎ、全身で快感を受け止めるように悶えた。

次第に恭太も、ヌルヌルとリズミカルに動けるようになり、急激に高まってきた。

「い、いく……！」

短く口走ると同時に、恭太は妖しく甘美な快感に包み込まれた。

内部でペニスが脈打ち、ドクンドクンと大量のザーメンが噴出し、直腸の奥に注入された。

「く……、感じる……」

亜矢子もうっとりと口走った。

奥の方に、じんわりと広がっていくザーメンの熱さを感じたのだろう。

快感の中で股間を突き動かすうち、内部に満ちるザーメンにより、たちまち動きがヌラヌラと滑らかになっていった……。

5

「こんなところで寝たらダメよ」

亜矢子と二人でバスルームに入ると、理沙はバスタブに浸かりながらウトウトしていたようだった。

時には患者が使用することもあるのだろうか、洗い場は寝そべることができるほどかなり広く造られ、三人でも充分にゆったりできた。

亜矢子と恭太は、ボディソープで全身を洗い、特にアナルセックスを終えたばかりのペニスを、彼女がヌルヌルと念入りに指でこすってくれた。

やがて亜矢子がシャワーの湯を出し、お互いの全身のシャボンを洗い落とした。

「オシッコして。中も洗い流さないと」

言われて、恭太は力を入れた。

二人に見られているから、なかなか出てこなかったが、ようやくチョロチョロと放尿することができた。

恭太は幹に指を添え、流れを亜矢子のムッチリした太腿に向けた。

亜矢子は避けもせず、じっと恭太の温もりを感じ、はてはそのまま彼を立たせ、流れを豊かな胸に受け止めた。

「温かい……」

亜矢子が言い、流れが治まると、顔を寄せてチュッと亀頭を含み、まだ濡れている尿道口にクチュクチュと舌を這わせてきた。

そしてシズクを全て吸い取ると、亜矢子はチュパッと口を離した。

「僕にも……」

アブノーマルな行為にドキドキしながら、恭太は亜矢子を目の前に立たせた。

すると、二人の仲を嫉妬し、阻止するように理沙がバスタブから出てきた。

「じゃ一緒にしましょうね」

亜矢子は理沙の肩を抱き、並んで立ちながら放尿を促した。やはり亜矢子は、理沙の扱いなどものともしていなかった。

下に座って、二人のワレメを見上げながら、恭太は激しく興奮した。

さっき二人とも妊娠検査で放尿したが、もうそろそろ少しだけでも出る頃だろう。

それに二人並んでの放尿は、きっと迫力があるだろうと、激しい期待が湧き上がった。

亜矢子は、少しでもまっすぐ飛ぶように、自ら指でグイッとワレメを広げ、尿道口から膣口まで丸見えにしてきた。

やがて、やはり先に亜矢子の方がチョロチョロと放尿をはじめ、流れを恭太の胸に当ててきた。

「ほら早く。彼が求めてるわ」

出しながら亜矢子が言い、理沙もすっかりアブノーマルな雰囲気に呑まれたのか、懸命に下腹に力を入れはじめたようだった。

亜矢子の流れは勢いがよく、たまに彼女が悪戯っぽく爪先立ちして、流れを恭太の顔にまで向けてきた。

淡い独特の匂いが揺らめき、うっすらと味のある液体が口に入った。

そして亜矢子が出しきらないうち、理沙の可愛いワレメからもチョロチョロと弱々しい水流が漏れてきた。

そのほとんどが内腿を伝うばかりなので、亜矢子に言われ、理沙も恥ずかしいのを我慢して、指でワレメを開いた。

ようやく一条の細い流れが恭太の肌を濡らし、恭太は、それも口に受けてみた。

「あん……！」

理沙が腰をよじって避けようとしたが、恭太はチョロチョロと揺らぐ流れを執拗に求めて味わった。

理沙の方は、ほとんど味が感じられず、淡い匂いが舌に残るばかりだった。

やはり亜矢子は大人で、アルコールなどを摂取しているせいか、成分が違うのだろう。

「舐めて……」

やっと流れの治まった亜矢子が、ワレメを彼の口に押しつけて言った。

恭太も舌を這わせ、ビショビショの陰唇内部を舐め回し、シズクをすすって残り香を味わった。

続いて理沙もすぐに放尿が終わり、恭太はそちらにも顔を埋め込んで、赤ん坊のような匂いのするワレメを隅々まで舐めてやった。

「ああッ……、も、もうダメ……」

理沙がガクガクと膝を震わせ、もう立っていられないようにクタクタと座り込んでしまった。

「すごい、もうこんなに大きくなって……」

亜矢子も腰を下ろし、ムクムクと回復しはじめているペニスを手のひらに包み、硬度を確かめるようにニギニギしてきた。

「恭太くんって、女の身体から出るものが、好きなの？」

「……」

耳元で囁かれ、恭太は小さくこっくりした。

どうしてだか分からないが、女性の分泌物やナマの匂いに触れていると、激しく興奮してくるのだ。できることなら、出たものをもらうよりも、自分が小さくなって女体そのものに入っていきたいくらいだった。

「こういうのも好き？」

亜矢子は囁きながら、恭太の頬に手を当てて上向かせ、その口にクチュッと唾液を垂らし込んできた。

小泡の感触を味わいながら、コクンと飲み下すと、甘美な快感が全身に広がっていった。

問い質すまでもなく亜矢子は、手のひらの中でピクッと反応するペニスの動きで、恭太が悦んでいることを察していた。

「もっと？」

亜矢子は言いながら、さらに大量の唾液を口に溜め、トロトロと口移しに注ぎ込んだ。

それはネットリとし、適度な粘り気を持って口の中を這い回った。

何故だか、うっすらと甘い味が感じられ、弾ける小泡の中には甘い匂いも含まれていた。

亜矢子は次々に分泌させては恭太に飲ませ、やがて出なくなると理沙を引き寄せ、同じようにさせた。

理沙の唾液もほんのり甘く、小泡も多かった。

さらに二人は次々に恭太の開いた口に唾液を垂らし、彼はミックスされた甘いシロップを飲み込み、うっとりと喉を潤した。

しかし、もう二回も続けて射精しているのだ。

今も激しく勃起はしているものの、これでもう一度放出するとクタクタになってしまうだろう。

時間を置けばよいのだが、今は控えたかった。

「私、そろそろ帰らないと……」

理沙がおそるおそる言う。

考えてみれば、母親の風邪薬を取りに寄っただけだから、そう遅くなるわけにもいかないのだった。

やがて亜矢子は気がすんだように、ようやく恭太から身を起こし、ペニスからも手を離した。

亜矢子も、もう満足したようだった。

三人は、ややぬるめのシャワーを浴びてバスルームを出た。

亜矢子は白衣姿に戻って眼鏡をかけ、理沙と恭太も服を着た。

「大晦日に行くと、亜津子さんに伝えておいて」

亜矢子が恭太に言い、やがて二人は会田医院を出た。

「女同士でも、大丈夫だった？」

恭太は歩きながら、理沙に訊いた。

「うん……、何だか自分じゃなくなったみたいで……」

理沙が小さく答える。

おそらく亜矢子の淫らパワーに押し切られ、心では拒もうとしても、肉体の方が言いなりになってしまったのだろう。

理沙はまだ興奮と快感、アブノーマルな行為の余韻が残っているのか、足元もおぼつかない感じで、恭太はこのまま彼女を家まで送っていこうと思っていた。

「でも、どうせ同じ女性なら……」

理沙が言い淀んだ。

「え？　……ああ、綺麗な真由美先生の方がいい？」

理沙のような女の子は、同性の美人教師に憧れるようなタイプかもしれず、恭太はそう言ったが彼女は首を振った。

「ううん、由良子さんなら……」

理沙がうつむいて言った。

「そう。でも、あの巫女さんは、何にもしてくれないだろうね。身体に触れようとしたら、きっとすごく叱られるだけだよ」

「ええ、そうね、きっと……」

理沙も頷き、やがて彼女の家に続く路地の前まで来た。

母親が風邪で寝ているなら、上がり込むわけにもいかない。まして理沙に斬りつけた玲そっくりの恭太では、かえって母親の具合も悪くなってしまうだろう。

理沙とはそこで別れ、恭太は家に帰ることにした。

第七章　浴衣姿の少女

1

「先生は、実家へ帰らないんですか？」

　恭太は、真由美のアパートに遊びに来ていた。

　もう終業式も終わったし、市立図書館にもいなかったから、あるいは不在かとも思ったが一応訪ねてみると、真由美は在宅していた。もちろん拒むこともなく、笑顔で部屋に上げてくれた。

「ええ、実家の方は来客で忙しくて、いろいろ手伝わされるだけだから、三が日が過ぎてから少しだけ帰るわ。どうせ、そんな遠くじゃないし」

確かに、ここから明石なら、その気になれば日帰りだってできる距離だ。

結局、恭太は年内一度も登校せず、毎日のんびり過ごしていた。

そして彼も、何とか亜津子を説得し、年が明けたら少しだけ東京へ戻ってアパートの荷物など整理するつもりになっていた。

それほど、恭太もこの土地での生活、特に理沙をはじめ多くの女性たちと別れがたく思えてきたのである。

先日は、理沙と二人でクリスマスのパーティもやった。

まあ遅くまで一緒に過ごすわけにいかないので、夕方まで理沙の部屋でままごとのようにささやかなパーティをしただけだったが、理沙は嬉しそうだった。もう理沙の母親の風邪も完治してパートに復帰していたので、夕方までは誰にも邪魔されず、二人きりで過ごした。

一九九九年も、あと数日を残すのみとなっていた。

「あれから気になって、いろいろ調べて分かったことがあったの」

真由美はノートを取りだし、ページを開いた。

もう本は図書館に返却し、必要な事項はすべてメモしておいたようだ。

「やっぱり蒲地家はただの領主ではなく、かなり神がかった政治をしてきた家柄みたい。良政をしてきたというよりは、理屈抜きで呪術的にこの土地だけ飢饉から救ってきたというような……」

「どんなふうに？」

「詳しくは分からないけど、確かに飢饉の年にも、この土地では餓死者は出ていないし、蒲地家が治めている限りこの土地は安泰という意識が、人々に根強く、未だに残っているみたい」

「……」

「農作物の他、鉄の精製、取り引きも行っていたようね」

「鉄って言うと、鎌とか……」

「そう。今は毎年行われている能も、かつては六十年に一度。かのえのある年だけだったらしいし」

「かのえ？」

「金の兄、庚とも書くわ。こう」

真由美はノートの端に字を書いて説明した。

「十干十二支《じっかんじゅうにし》の基本は、まず五行《ごぎょう》、木火土金水《もっかどごんすい》の全てに、兄と弟、すなわちエとトがあるの。順番に木《き》の兄《え》、木《き》の弟《と》、火《ひ》の兄《え》というふうに。これに、十干、つまり甲乙丙丁戊己庚辛壬癸《こうおつへいていぼきこうしんじんき》という漢字を当て、甲をきのえ、乙をきのと、丙をひのえ、というふうに読むわけ」

「ああ、丙午《ひのえうま》とか聞いたことがある」

「そうね。そのように、これに十二支を組み合わせていくと、例えば甲《きのえ》の子《ね》の年に出来た球場だから甲子園、とか名づけたのね」

「なるほど、十干と十二支が順々に組み合わされていくから、少しずつズレて、同じ干支になるのが六十年に一度、それで還暦」

「そういうことよ。話をもとに戻すと、本来は鉄の精製を象徴する金の兄の年の元旦に、この土地では鬼を題材にした能を行い、蒲地家では飢饉を回避する儀式、まあお祓《はら》いみたいなことをしていたようね」

「ふうん、鬼の力を借りていたみたいだね」

「どうして」

「鬼に金棒とか言うでしょう。金の年ならなおさら」

言うと、真由美は笑い出した。

「それは、気がつかなかったわ。でも……」

急に笑みを消し、ノートのページを手繰った。

「確かこの土地では、節分の豆まきの習慣がないわ。鬼を追い払う豆まきの原点は、大晦日に行われる鬼やらい、あるいは追儺《ついな》とも言われる儀式だけど、それもないのよ。それどころか、この土地では山仕事のお弁当は常に干し飯《ほしいい》か餅ばかり」

「どうしてお握りじゃないの」

「鬼切り、というのは、この土地では不吉だから……？」

真由美は、小さく吐息をついてノートを閉じた。

「亜津子おばさんに聞いたことがある。僕と玲は双子だったけど、玲だけは、生まれた時から歯があったって。そういう赤ん坊のことを、鬼子って言うんだって？」

恭太が言うと、真由美は微かに身震いした。

玲が座敷牢にいたことは、真由美にも話してある。

「で、でも、双子だから、会えば心が通じ合うこともあるんでしょう……？」

「ううん、全然……。玲が、実は女だったと分かったとき、すごく驚いた。赤ん坊の頃は紛らわしいほど、すごく大きなクリトリスを持っていて……」

そんな話題になると、恭太は股間がムズムズしてきてしまった。

それに意識しはじめると、真由美の甘ったるい匂いが、今さらながら悩ましく感じられ、胸の奥に響いてくるのである。

会話が途切れると、恭太は沈黙に耐えられなくなり、そのまま吸い寄せられるように真由美の胸に顔を押し当ててしまった。

「何してるの。ダメよ、離れなさい……」

真由美が咎めるように硬い声で言うが、胸の鼓動と甘酸っぱい息遣いが伝わってきた。

「何だか不安でしょうがないから、少しだけ、こうさせて……」

恭太は甘えるように言い、ブラウス越しに感じられる美人教師の甘い体臭を感じながら、そろそろと胸の膨らみに手を這わせてしまった。

「ああっ、ダメ、怒るわよ」

「いいよ。叩いても」

恭太はモミモミと探りながら、興奮によって徐々に濃くなっていくフェロモンを感じ取っていた。

そのまま這い上がり、白い滑らかな首筋に唇を押し当てると、

「あう」

真由美はビクッと肌を強ばらせたが、恭太がチロッと舌を這わせると、そのままうっと力が抜けたようにグンニャリしてしまった。

さらに伸び上がって、恭太はピッタリと唇を重ねた。

真由美は、今日は近所の買い物ぐらいしか外出していないのか、ほとんど化粧していなかった。

柔らかな唇が押しつぶれ、果実のように甘酸っぱい息が弾んだ。それは心地好い湿り気を含んで、恭太の鼻腔をくすぐってきた。

間近に見える白い頰が、ほんのり薄桃色に染まり、長い睫毛《まつげ》が伏せられている。

舌を差し入れ、ツルツルした硬い歯並びを舐め、さらに唾液に濡れて引き締まった歯茎までチロチロ探っていると、ようやく観念したように真由美の前歯が開かれた。

口の中は、さらに熱くかぐわしい香りが満ち、恭太は嬉々として舌を侵入させていった。

「ンンッ……！」

真由美がピクッと眉をひそめて呻き、触れ合った舌がサッと奥に縮まって避難してしまった。

それを執拗に追って探り、甘い唾液と柔らかな感触を味わっていると、やっと真由美の舌もクチュクチュと動いて、一緒に遊んでくれた。

恭太はうっとりと美人教師の舌の感触と唾液の甘さ、吐息のかぐわしさを味わいながら、ブラウスのホックを外していった。

「ま、待って……」

やがて真由美が口を離し、熱い息で囁く。

「なに？　お布団？」

「そ、そうじゃなく……、お願い、約束して。三学期が始まって、正式に私の生徒になったら、こういうことは絶対にしないわよ……」

「うん、分かった。先生からしてこない限り、僕はしないって約束するよ」

「まあ、嫌な子ね……」

真由美が優しく睨んでくる。

恭太はいったん離れ、勝手に押し入れを開けて布団を敷いてしまった。

そして自分も脱ぎながら促すと、真由美はドアのロックを確認に行き、窓のカーテンを閉め、ようやくノロノロと服を脱ぎはじめた。

2

「ああっ、恥ずかしい……」

全裸で布団に仰向けになると、真由美は両手で顔を覆った。

まだ昼過ぎの陽が射し込み、カーテンを引いても充分に明るい。それに毛布で身体を隠そうとするのを、恭太がはぎ取ってしまったのだ。

恭太も全裸になって、真由美の胸に顔を埋め込んでいった。

羞恥と緊張に息づく膨らみに手のひらを這わせ、桜色の乳首にチュッと吸いついていく。

「く……!」

真由美が息を詰め、懸命に奥歯を噛み締めながらも、無意識のようにシッカリと恭太に両手を回してきた。

恭太は唇に挟んで小刻みに吸い上げ、舌で転がすように舐め回した。

「アアッ……!」

必死に喘ぎを噛み殺していた真由美だが、とうとう堪えきれずに声を洩らし、うねうねと悩ましく身悶えはじめた。

同時に、ほんのり汗ばんだ胸の谷間や腋の下からも甘ったるい汗の匂いが漂い、恭太は激しく興奮してきた。

毎回、いろんな女性のナマのフェロモンに触れているが、みな微妙に異なり、そのどれもが恭太の胸の奥を揺さぶるほどの芳香に感じられるのだった。

両の乳首を舐め、唇に挟んで引っ張るように吸い、時には軽くコリコリと噛んで刺激してから、恭太は真由美の腕を差し上げて潜り込み、汗に湿った腋の下に顔を埋め込んでいった。

甘ったるいミルクのような体臭が感じられ、恭太は何度も深呼吸した。

「いい匂い」

「あん！　ダメ……！」

真由美が羞恥を煽られ、さらに濃い匂いを漂わせながら腕を縮めようとした。

恭太は両腋とも嗅いでから、真由美の胸に戻り、そのまま真ん中を下降した。

形よいおヘソの窪みに鼻を押し当てて嗅ぐと、そこも少しだけ汗ばんだ匂いが籠っていた。

舌を差し入れてクチュクチュ舐めると、

「ダメ、くすぐったい……」

かなり感じるようで、真由美は腰をよじって拒んだ。

しかし骨のない腹部は柔らかさと弾力がほどよいバランスで、顔を埋めているだけでも何とも心地好かった。

この中に、脂肪と内臓がぎっしり詰まって、熱い血を脈打たせながら息づいているのだ。

そう思うと、玲ではないが、切り裂いて、女体の神秘の奥まで覗いてみたくなってしまった。

さらに左右の腰骨のあたりにも舌を這わせてから、ムッチリと逞しい太腿を舐め下りていった。

もちろん足首を摑み、足の裏と爪先は充分に匂いと味を堪能した。

今日はあまり動いていないようだが、それでも入浴は昨夜だったろうし、買い物や掃除などで運動した分、しっかりと指の股は汗と脂に湿って、ほのかな匂いをさせていた。

両足とも、指の間に鼻を割り込ませるように押し当てて嗅ぎ、全ての指に念入りにしゃぶりついた。

「く……、やめて、汚いわ……」

そう言いながらも真由美は、もうすっかり恭太のペースに巻き込まれていた。まだ未熟な恭太だが、どうやら、亜矢子などの教えにより、真由美を翻弄するのはすっかり得意になってきた。

ある意味で真由美は、好奇心を前面に出してくる理沙よりもウブなところがあるのだ。

味わい尽くしてから、恭太はスベスベの脚の内側を舐め上げ、やがて両膝の間に顔を割り込ませていった。

「先生、もう、すごく濡れてる」

「い、いやッ……、言わないで……」

股間に熱い視線と息を感じ、恭太の囁きだけでも真由美は激しく反応し、呼吸を荒くした。

柔らかそうな恥毛が震え、確かにワレメからはみ出す陰唇は露を宿し、今にもトロリと滴りそうなほど潤いはじめていた。それに今までの愛撫で相当に高まり、まだ顔を埋める前から、フェロモンを含んだ熱気と湿り気が股間に渦巻き、恭太の顔に吹きつけてくるようだった。

「先生。舐めなさい、って言って」

「ダメ、お願いよ。黙って……！」

声を震わせて真由美が答えるたび、ワレメの内側にじんわりと新たな蜜が湧き出してくるようだった。

「ねえ、早く、オマ×コ舐めなさい、って言って。あ、そうか、先生は関西だから、オメ×だったね」

「アアッ！　いや、言えないわ、そんなの……！」

真由美は、三文字に激しく反応した。

恭太は指を当てて、グイッと陰唇を開いた。

奥のヌルッとした膣口が悩ましく震え、色づいて光沢を持ったクリトリスもツンと勃起していた。

もう待ちきれず、恭太は恥毛の丘にギュッと鼻を埋め込んだ。

やはり他の女性とは違う、真由美の匂いが恥毛の隅々に感じられた。生ぬるく、ほんのり甘い汗の匂いに、ムレムレになった女臭が混じっている。

「先生のオメ×、いい匂い」

「ああーっ！　だ、黙って……！」

真由美はビクッと股間を跳ね上げ、激しい力で内腿を締めつけてきた。

恭太はきつく顔を挟まれながら、ワレメ内部に舌を差し入れた。

中は熱くヌルヌルで、独特の淡い味わいのある蜜が大量に舌をヌメらせてきた。

膣口に奥まで舌を押し込んでクチュクチュ動かし、ネットリとした愛液をすすりながら、ゆっくりとクリトリスまで舐め上げていった。

「あう！　ダメ、も、もう……」

真由美が声を上ずらせて言った。相手が生徒ということで禁断の思いがプラスされ、かなり昇りつめやすくなっているのだろう。

恭太はクリトリスへの刺激を控え、真由美の両足を浮かせ、お尻の谷間に鼻を押しつけていった。

ピンクの肛門がヒクヒク震え、ほのかな汗の匂いが鼻腔を刺激してきた。

細かな襞にペロペロ舌を這わせると、

「い、いやっ！　そこは……」

真由美はキュッと拒むようにツボミを引き締め、しきりにいやいやをした。

それを強引に押さえつけ、内部にもヌルッと潜り込ませ、充分に舐め回した。

やがて味も匂いもなくなるほど舐めてから、ようやく脚を降ろし、ワレメ内部に溜まった新たな蜜をすすった。

そして膣口に指を押し込み、膣内の天井の膨らみをこすりながら、激しくクリトリスを舐め上げた。

「アアーッ！　い、いっちゃう……！」

真由美は、クリトリスと膣内を刺激され、あっという間にガクンガクンと全身を跳ね上げて痙攣した。どうやら、すっかり高まっているところへ刺激され、たちまち絶頂に達してしまったようだ。

暴れる腰を押さえつけ、恭太は執拗に舌を這わせた。

「も、もうダメ、死んじゃう……！」

真由美は激しく身をよじり、身体をヒクヒクと波打たせながら口走った。

もう全身が、まるで射精直後の亀頭のように過敏になり、触れられることに耐えられなくなっているのだろう。

恭太は指を引き抜き、ワレメ内部いっぱいに溜まった愛液を舐め取ってから、ようやく勘弁してやり、まだ喘いでいる真由美の身体から身を離した。

3

「何だか、不思議な感じ……。たぶん君でなかったら、他のどんな人とでも、こんな感じにはならなかったわ……」

真由美は、仰向けの恭太に添い寝し、包み込むように腕枕しながら囁いた。

恭太は、彼女の匂いの染みついたシーツと枕、そして密着するナマの肌や吐息の匂いにうっとりしながら、今度は受け身に徹した。

身を起こした真由美は、上からピッタリと唇を重ねてきた。

恭太はあらためて真由美の舌を味わい、ちぎれるほど強く吸いついた。

たまにトロリと注がれる唾液をコクンと飲み込むと、下向きの真由美は慌てて口の中を引き締め、唾液が溢れないようにしてしまった。

「もっと出して」

「ダメよ……」

「でも、飲みたい」

再三せがむと、それでも真由美は少しずつ口移しに垂らしてくれるようになった。

自ら恥ずかしくて、はしたないことをすることで、興奮を高めているようだった。

ようやく濃厚で熱っぽいディープキスを終えると、真由美は恭太の首筋をたどり、胸まで舐め下りていった。

上品で万事に控え目な真由美の、積極的な愛撫を受けるのは恭太にとっても激しく興奮するものだった。

両の乳首を舐められ、チュッチュッと小刻みに吸われながら恭太は悶えた。

「噛んで……」

言っても、真由美はほんの軽くキュッと歯を立ててくるだけ。根っから乱暴なことなどできないようだった。

そしてそのまま真下に下りてきたので、恭太は大股開きになって彼女を股間に迎えた。

内腿を舐め上げてくると、また恭太は言って噛んでもらった。

「もっと強く」

「ンン……」

「もっと、うんと力を入れて。痕になってもいいから」

言うと、真由美も次第にキリキリと力を込めて歯を喰い込ませてきた。

やがて離れ、唾液に濡れた歯型を、そっと舌で撫でた。

「大丈夫？　痛かったでしょう……」

真由美は心配そうに言い、今度は優しく舌を這わせ、やがて内腿から陰嚢を舐めてきた。

全体をまんべんなく舐めて唾液にヌメらせ、睾丸を一つずつ吸い、縫い目をゆっくりとたどってきた。

しかし恭太は、ペニスを舐められる前に、自分で両足を浮かせて抱えた。

「ここも舐めて」

指でグイッとお尻の谷間を広げて言った。

真由美は少しためらったが、すぐに恭太の股間に、真下から熱い息を吹きかけてきた。

舌先が、チョンと肛門の中心に触れてきた。

恭太も、反射的にキュッと引き締め、また緩めて美人教師の舌の感触を味わった。

真由美も、いったん触れてしまうと抵抗感もなくなったように、次第にチロチロと舌を這わせるようになり、はてはヌルッと浅く押し込んできたりもした。

熱い鼻息が、唾液に濡れた陰嚢を心地好くくすぐり、ようやく離れると、今度こそペニスにしゃぶりついてきた。

もうためらうことなく、喉の奥まで一気に呑み込み、口の中をモグモグさせながら激しく舌をからめてきた。

「ああ……、気持ちいい……」

恭太は、うっとりと言い、下腹にかかる柔らかな髪と、内部に籠る熱い息を心ゆくまで味わった。

真由美は顔を上下させ、クチュクチュと唾液に濡れた唇で摩擦し、時には強く吸いつきながら引き抜いたりした。

恭太は急激に高まった。

このまま飲ませてもいいのだが、やはり挿入したかった。

やがて充分に唾液にまみれてから、恭太は彼女の口を離させ、身を起こして上下入れ替わった。

そしてもう一度真由美の股間に潜り込み、クリトリスとワレメ内部、肛門まで念入りに舐め回した。

「あん……、ダメ、またいきそう……」

真由美はすぐにも声を上ずらせ、新たな蜜を湧き出させて悶えた。

恭太は、彼女の脚を抱えたまま先端を膣口に押し当て、ゆっくりと押し込んでいった。

張り詰めた亀頭が、一気にヌルヌルッと奥まで潜り込んだ。

「アアッ……！　す、すごいわ……！」

真由美が、身を弓なりに反らせて喘いだ。

やはり指と舌でイクより、ペニスの方がずっと一体感と快感が大きいのだろう。

恭太は深々と根元まで貫きながら、ズンズンと荒々しく律動した。

「い、いく……、もっと突いて、奥まで……」

真由美も、もう遠慮なく喘ぎ、羞恥も吹き飛ばしてせがんできた。

「オメ×が気持ちいい、って言って」

「い、いやッ！　いじめないで……」

「言わないと、ここでやめるよ」

「いじわる……、オ……、オメ×が、気持ちいい……、アアッ！」

真由美は自分の言葉にのけぞり、そのままガクガクと全身を波打たせせた。激しい羞恥に、まずオルガスムスの第一波が押し寄せてきたようだった。しかし恭太は舌なめずりし、そこでいきなりヌルッと引き抜いたのだ。

「ア……」

真由美が呆気に取られたが、考える隙もなく、恭太は彼女の肛門に濡れた亀頭を押し当てた。

そのまま力を込め、一気に挿入した。

ちょうど息を吐ききって力が抜け、タイミングがよかったのだろう。

しかもヌメリも充分で、いちばん太い亀頭部がなんなく潜り込んでしまった。

肛門の可憐な襞がぴんと押し広がり、今にも裂けそうなほど光沢を持って張り詰めた。

さらに恭太が、根元までズブズブと押し込みはじめる頃、ようやく真由美は我に返ったようだった。

「く……、何してるの……。そこ違うわ……」

声をくぐもらせて言った。額には脂汗が滲んでいた。

「もっと力を抜いて。すぐすむから」

恭太は、とうとう根元まで押し込み、お尻の弾力を下腹に感じながら、美人教師のアヌス処女を味わっていた。

「い、痛いわ……、裂けちゃう……」

真由美は、快感が一気に苦痛に変わり、何が起こったかも分からないように呻いていた。

しかし締まりは最高で、奥のベタつく感触も艶めかしかった。

恭太は股間を押しつけ、やがてそろそろと引きながら再びズンと押し込み、次第にリズミカルに突き動かしはじめた。

やはり、同じアナルセックスでも、亜矢子と感触は違うようだ。膣と同様、全てが人それぞれ微妙に違っているのだろう。

たちまち恭太は高まった。

何しろ、こんな美人教師の肉体に残った、最後の処女の部分を征服したのだ。その精神的な満足だけでも充分なほどだった。

「い、いく……！」

恭太は口走り、もう真由美の肛門が裂けてもかまわないという勢いで、ズンズンとピストン運動した。

そして突き上がる大きな快感に身悶えながら、真由美の直腸の奥に向けて、大量の熱いザーメンをドクンドクンとほとばしらせた。

ザーメンのヌメリにより、すぐに動きがヌラヌラと滑らかになり、もう真由美は痛みも麻痺したようにグッタリとなっていた。

ようやく最後の一滴まで満足して脈打たせ、恭太は動きを止めた。

そしてゆっくりと引き抜くと、

「う……！」

真由美が眉をひそめて呻いた。

早く離れてほしいだろうに、締まりがよすぎてなかなか引き抜けない。

真由美も懸命に肛門をモグモグ収縮させ、排泄するように少しずつペニスを押し出してきた。

やがてツルッと抜け落ちると、丸く開かれた肛門は、ザーメンに濡れた粘膜をわずかに覗かせ、すぐにキュッと閉じられていった。

ピンクの襞は、やや血の気を失くしているが、それでも乱れはなく、幸い裂傷も負っていなかった。

「ひどいわ……」

真由美が恨みがましく呟いた。まだ直腸内部に異物感が残り、呼吸するだけでも痛みが突き上がってくるようだ。

「ごめんね。どうしても先生の、全てが欲しかったから」

恭太は満足げに言い、ティッシュでペニスを拭った。もちろん特に汚れの付着はない。

やがて恭太は、真由美を引き起こして一緒にバスルームへと入っていった。

4

暮れもおしつまり、とうとう一九九九年も明日までとなってしまった。

まあ、一度東京へ帰る話は、年が明けてからするつもりだった。本当は、年内に話した方が鬼が笑うかもしれないが、蒲地家の人間を鬼と決めつけるのも変だと思い、恭太は苦笑いした。

そして夜、また亜津子の部屋にでも忍び込もうかどうしようか、布団の中で迷っていると、やがて襖がスーッと開いた。

「……？」

亜津子だろうか。

恭太は目を凝らした。もちろん天井の螢光燈の、小さなランプはつけたままだ。

「恭太……」

人影が言う。

何と、それは亜津子ではなく、玲だった。

「ね、姉さん……、どうして牢から……」

恭太は驚き、布団を跳ね上げて半身起こした。

「おばさんが開けてくれたのさ。もう大丈夫だろうって」

「……?」

まさか年末年始は、屋敷内に結界でも張られ、封じ込められて外には出られないとでも言うのだろうか。

「一緒に寝かせて」

言うと、この少年のような少女は、浴衣姿のまま恭太の布団に横になってきた。

そしてすぐに帯を解き、浴衣を布団の外に投げ出した。下着は着けておらず、もう全裸になっている。

「恭太も脱いで……」

言われ、恭太も全て脱いだ。

玲が、温かい肌をピッタリとくっつけてきた。

唇も重なり、ヌルッと長い舌が侵入してきた。

恭太は、姉の舌を舐めながら、熱い唾液と甘酸っぱい息を感じて次第に力が抜けていってしまった。

クチュクチュと舌をからめながら、玲が恭太の手を取り、股間へと導いていく。

指で探ると、玲の大きなクリトリスが、すっかり硬く勃起していた。

「ほら、カチンカチンよ。恭太に舐めてもらいたくて……」

唇を離し、近々と顔を寄せたまま玲が熱い息で囁く。

そのまま彼女は身を起こし、仰向けの恭太の顔に跨ってきた。

「さあ、舐めて、いっぱい……」

股間を沈み込ませ、ワレメをピッタリと恭太の口に押し当ててきた。

舐めはじめると、溢れた愛液に舌がヌルッと吸い込まれていった。

恭太は蜜を舌ですくい取るように舐め上げていくと、舌先がコリコリする大きなクリトリスに触れた。

亀頭型のそれは、彼女の乳首よりずっと大きかった。

「そこ……、いっぱい舐めて……」

玲がうっとりと息を弾ませながら言い、さらにグイグイと彼の顔に股間をこすりつけてきた。

恭太はクリトリスを唇に挟み、チュッチュッと断続的に吸い上げ、舌先で弾くように激しく舐め回した。

「ああん……、いい気持ち……、そっと噛んで……」

玲の口から男言葉が消え、いつしか悩ましく色っぽい女性言葉になっていた。

恭太は、自分が気持ちよいと思える部分、亀頭の裏側にあたるところを特に念入りに舐め上げ、時にそっと歯を立てて、カリッと刺激した。

「アアッ！　いいわ、もっと……、美味しいでしょう……」

玲がクネクネ悶えながら言い、自ら胸の膨らみを両手で揉みしだいていた。

恥毛に籠る汗の匂いが、ゾクゾクと恭太を高まらせ、ザーメンのように白濁した粘液も後から後から溢れて彼の舌をヌメらせてきた。

やがて玲は、昇りつめる前に恭太の顔から股間を引き離した。

そして彼の両膝の間に顔を割り込ませ、激しくペニスにしゃぶりついてきた。

「ンンッ……！」

熱い息を弾ませ、喉の奥まで呑み込んで強く吸いついた。

もちろん恭太も最大限に勃起しているが、玲による痛いほどの刺激が恐ろしいくらいだった。

「こんな大きいの、わたしも欲しいわ……、口惜しい、噛み切って食べてしまいたい……」

囁きながら、玲はペロペロと貪るように亀頭を舐め回し、そっと歯さえ当てて強烈な愛撫を繰り返した。

最高に気持ちはいいのだが、実際に噛みつきかねない玲の愛撫が恐くて、恭太は辛うじて絶頂に達しないですんでいた。

玲が、気がすんだようにスポンとペニスから口を離し、恭太の両足を上げて肛門に舌を這わせてきた。

タップリと唾液を出して舐め回し、浅く舌を入れてヌルヌルと掻き回した。

そして充分に唾液に濡らすと、

「犯すわよ……」

玲は短く言い、身を起こして股間を押しつけてきた。

恭太も、浮かせた両足を抱えたままじっとしていた。

男に犯されるなら恐くて堪らないが、玲のクリトリスはせいぜい二センチ前後だ。

それぐらいなら、アヌスを犯された真由美ほどの苦痛はないだろう。

まあ、それでも、自分が肛門に挿入されるなど、今まで夢にも思っていなかったことだ。

その緊張と期待に胸が弾み、恭太はますます勃起してきた。

玲は、硬く勃起しているクリトリスを恭太の肛門に押し当て、唾液のヌメリに合わせてゆっくりと押し込んできた。

肛門がわずかに押し広がり、浅く何かが入ってきた。

もちろん痛くはない。むしろ、舌を入れられるよりも、もっとドキドキする一体感が感じられた。

「あん……、気持ちいいわ……」

玲が、股間をグイグイと押しつけながら口走った。

彼女も、深く入ったわけではないのに感じているのは、やはりこの精神的な満足感があるからなのだろう。

入ったクリトリスばかりでなく、密着するワレメから溢れる大量の愛液がヌルヌルと恭太のお尻を濡らしてきた。

しかし完全にオルガスムスに達するまでには到らなかったようで、何度か動いてから玲は股間を引き離した。

そして仰向けの恭太の股間にあらためて跨り、今度はちゃんと彼のペニスを、濡れた膣口に深々と受け入れていった。

「ああ……」

玲がピッタリと座り込み、膣内でキュッと恭太自身を締めつけながら喘いだ。

恭太も快感が高まり、下から股間を突き上げはじめた。

「い、いきそう……」

今度こそ玲は、本格的に達しそうな勢いで腰を動かし、やがて上体を倒して恭太に肌を重ねてきた。

再び互いの舌を吸い合い、玲は恭太の胸に乳房も痛いほどこすりつけながら、腰を動かした。

膣内は熱くヌメり、ペニスが心地好く締めつけられた。

「アアーッ……！　す、すごい！　いく……！」

たちまち玲は狂おしく声を上げ、恭太にのしかかりながらガクンガクンと全身を波打たせた。

「う……！」

同時に、膣内も激しい収縮を開始し、ペニスを奥へ奥へと引き込むような蠢動を繰り返した。

その刺激に、恭太もとうとう快感に貫かれ、姉の柔肉の奥に勢いよく射精した。

「恭太、好き……」

ようやく激情が治まったか、玲はうっとりと力を抜きながら、恭太の耳に口を押しつけて囁いた。

恭太も、下からしっかりと玲にしがみつき、動きを止めて快感の余韻に浸った。

それは近親相姦というより、離れ離れになっていた自身の分身に出会い、本来の一つの姿に戻ったような充足感だった。

5

「嚙んで、血が出るまで。傷をつけられたいの……」

玲が言い、求められるまま恭太は、まず彼女の横腹に嚙みついた。ちょうど、理沙の傷痕がある、盲腸に近い部分だった。

若々しい張りと弾力のある肌に歯が食い込み、そのまま恭太は力を入れた。

「もっとよ。それだけしか力が入らないの？　うんとくわえて、ぎりぎりと引っ張って嚙み切っていいのよ……」

玲は、甘美な痛みに再び興奮し、熱く息を弾ませはじめた。

しかし、もちろん嚙み切ることなどできず、血さえ滲む前に恭太はコメカミが痛くなってきてしまった。

口を離すと、それでも歯型がクッキリと印された。

「血も出ないわ。弱虫」

玲が言い、

「今度は私の番よ」

と、恭太の脇腹に顔を押しつけてきた。

「や、やめて、僕はいいから……」

恭太は震え上がったが、もう遅く、玲の歯がガブッと食い込んできた。

「あう！　い、痛いから、離して……！」

恭太は熱いような激痛に身をよじり、懸命に彼女の顔を突き放そうともがいた。

しかし玲は獣に返ったように息も荒く、きりきりと歯を食い込ませ、モグモグと小刻みに噛んだり、そのまま横へ引っ張って裂こうとさえしてきた。

「い、いたたたた……!」

必死に悶え、ようやく恭太は玲の顔を引き離した。

深い歯型から、ツツーッと真っ赤な鮮血が滴ってきた。

それを玲がペロペロと舐めはじめる。

傷は浅く、すぐに血は止まったが、玲の唇と舌は真っ赤に染まり、凄惨な表情になった。

「美味しい……、もっと舐めたい。肉も食べたいわ……」

玲は、吊り上がった目をキラキラさせて言った。

恭太は、痛む脇腹を押さえながら、もう噛まれないよう警戒した。

「でも、やっぱり歯だけじゃ食いちぎれないわ。鎌でもないと」

玲が言い、ようやく舌なめずりして顔を離した。

「どうして、そういうことが好きなの……?」

恭太は、何とか玲の興奮を鎮めようとして言った。

「理沙や、他の男や女は殺してやりたかった。おなかの中がどうなっているのか見てから、嫌な匂いのする内臓を散らかして殺したかった。でも」

「……」

「恭太はいちばん好きだから、殺すだけじゃなく、全部残さずに食べてしまいたい」

玲が言い、添い寝しながらペニスを握ってきた。

「本当は、これを切り取って私に植えたいが、できないのなら、真っ先にこれから食べたい」

玲はやわやわと弄びながら言うが、恭太は恐くて、しばらくはフェラチオさせない方がよいだろうと思った。

恭太は添い寝しながら、玲の唇を近々と見た。

指で唇を開くと、白い綺麗な歯並びが覗いた。しかし恭太と違って、左右の犬歯が発達している。

生まれた時から歯があったという、鬼子の所以《ゆえん》だ。

指先で歯をたどると、玲は少しだけ恭太の指を嚙んでから、大きく口を開いてくれた。

さらに覗き込むと、ヌメヌメするお肉が悩ましく唾液に濡れ、熱く湿り気のある、何ともかぐわしく甘酸っぱい匂いが洩れてきた。

恭太は玲が望むように、この艶めかしい口の中に身体ごと入ってしまいたい衝動に駆られ、鼻を潜り込ませて美少女の匂いを感じながら深呼吸した。

胸の底まで甘酸っぱい匂いが満ち、恭太はうっとりと酔い痴れ、何度も何度も吸い込んだ。

玲もじっとして、たまにカリッと恭太の鼻を噛みながら、やがてヌラヌラと舌を這わせてきてくれた。

さらに恭太の鼻から、口の周り、瞼《まぶた》から両頬まで、玲は念入りに舐め回して、彼の顔を甘い唾液でヌルヌルにした。

恭太は力を抜き、溶けてしまいそうな快感の中、されるままになっていた。

「私、たぶん恭太の子を宿したよ……」

やがて玲は、顔を引き離して囁いた。

「ええッ……？」

恭太は驚いて聞き返した。

「あ、亜矢子さんも妊娠したって言ってた……」

「もちろん、それも恭太の子でしょう」

玲が言う。

「そしてたぶん、亜津子おばもね……」

「そ、そんな……」

それほど蒲地家の男は、孕ませる能力が勝っているのだろうか。

いや、理沙や真由美は何でもないのだから、あるいは近親姦のみによって、受精能力が高まるのだろうか。

「どうして妊娠したままにして放っておくの。まさか、三人とも産んだりするわけじゃないんでしょう……?」

恭太は、不安になって言った。

「この家の宿命を逃れたいのなら、私を殺して東京へ逃げることね」

「え……?」

「私は、一度眠ったら何をされても分からないわ。今夜が最後のチャンスよ。そしてもう二度と、亜津子おばや亜矢子さんに見つからない場所へ行くのよ」

玲が、淡々と言った。

「そ、そんなこと、できるわけないじゃないか……」

「私を殺しても罪にならないわ。最初から、いないのと同じ人間だから」

「……」

「その代わり明日になったら、もう遅いのよ。明日、私が目覚めたら、もうお前への思いやりも何もない、全くの別人になっているからね。その時になって後悔しないように」

「な、何を言っているのか分からないよ……」

「飲ませて。そうしたら眠るわ」

言うと、玲はいきなり恭太の股間に顔を寄せてきた。

「あう……」

嚙まれるのでは、という不安も吹き飛び、スッポリと含まれた快感に恭太はもう何も言えなくなり、そのまま力を抜いてしまった。

玲は熱い息を弾ませながら、勃起している恭太のペニスを舐め回し、亀頭を強く吸い上げてきた。

時に歯も当たったが痛いほどではなく、むしろ歯が感じられることによって、いかにも口に含まれているという実感が湧き、快感が増してきた。

やがて玲は顔を上下させ、リズミカルにスポスポと摩擦してきた。

唾液に濡れたペニスが、唇で丸く刺激され、舌も這い回り、恭太は急激に昇りつめていった。

(蒲地家の宿命って、いったい何だろう……?)

そんな疑問すらいつの間にか吹き飛んでしまい、恭太は身を震わせて、大きな快感に全身を包み込まれた。

「き、気持ちいい……、出ちゃう……!」

息を詰めて口走ると同時に、狭い尿道口から大量のザーメンが噴出した。

そのまま身をよじりながら射精するのを、玲は口を引き締めて、一滴もこぼすまいと舌に受け止めた。

そして飲み込むばかりでなく、尿道口に激しく吸いついてきたのだ。

「ああっ……!」

チューッとザーメンが吸い出され、恭太は強烈なカイカンに喘いだ。

射精する以前に激しく吸い出されるから脈打つリズムが狂い、まるでペニスが一本のストローと化し、玲は直接陰嚢からザーメンを飲んでいるようだった。

「も、もう出ないよ……」

命まで吸い出されそうな、恐ろしい快感に身悶え、恭太は降参するように言った。

実際、もう最後の一滴まで吸い出されていた。

ようやく玲がチュパッと口を離し、濡れた尿道口を舐め回して、最後の分をゴクリと飲み干した。

「美味しかった……」

玲は言い、満足げに横になり、そのまま目を閉じてしまった。

恭太は余韻に浸りながら、お互いの身体に布団をかけ、玲が言ったことを一つ一つ思い返した。

やがて玲は、規則正しい軽やかな寝息を立てはじめた。

第八章　真夜中の肉宴

1

「玲ちゃん、すっかりよくなったようね」

亜矢子が来て言った。

大晦日の午後だ。亜津子も含め、女三人は広い厨房でかいがいしく、正月の料理の支度をしていた。

今日から正月の三が日までは、使用人の源蔵おセキ夫婦もしばらく休みで、自分の家の用事に専念することになっているようだ。

亜津子は着物に襷《たすき》をかけ、玲も娘らしい赤い着物を着ていた。そんな二人の姿が、古めかしい厨房にやけにマッチしていた。

亜矢子のみ、いつものように洋装である。

年寄りたちもみな死に、美しい女だけが残った一族だ。はたから見れば、ここで暮らすのに何の文句があるかと言われるかもしれないが、まだまだここには恭太の知らない秘密があるのだった。

しかし、こうして見たところ、女三人で実になごやかにしているではないか。目覚めたら人が変わっていると言った玲も、確かに、ごく普通の娘に見えるから、変わったといえば変わったのだろう。

手伝うべきか迷ったが、結局男は厨房から追い出され、恭太はテレビや本ばかり見て一日を過ごした。

そして四人で夕食をとり、みな紅白も見ずに早めに床に入った。

元旦である明朝は、早起きして能楽堂裏にある蒲地家の守り神、先祖の頭蓋骨が安置された社へお参りに行くらしいのだ。

紅白や、大晦日のテレビ番組にあまり興味のない恭太も、早めに布団に入ってしまった。

それから、どれぐらい時間が経っただろう。

音もなく襖が開き、衣擦れの音が聞こえた。

ウトウトしていた恭太は目を覚ました。

見ると、亜津子だ。

彼女は風のように、布団をめくって恭太の布団に潜り込んできた。

「お、おばさん……」

恭太は驚いて口走ったが、亜津子は寝間着を脱ぎ捨て、黙々と恭太のパジャマも脱がせてしまった。

そしてお互い全裸になると添い寝し、亜津子は恭太に腕枕し、その豊かな胸に彼の顔をギュッと押しつけて包み込んだ。

「おばさんじゃないでしょう？　ちゃんと言いなさい」

亜津子が、上から熱く甘い息で囁いてくる。

しかし、「お母さん」という言い方はしたくなかった。去年死んだ実母の面影が強すぎるからである。

「ママでもいい？」

「いいわ。それでも」

万事に和風な亜津子でも、言葉ぐらいは許してくれた。

紅と化粧の匂いがした。

「ママ……」

そっと囁くと、すぐに上から亜津子がピッタリと唇を重ねてきた。

柔らかな唇が吸いつき、亜津子本来の甘い息の匂いに混じって、うっすらと口紅と化粧の匂いがした。

ヌルッと舌が潜り込み、恭太の口の中を隅々まで舐め回してきた。

恭太もからみ合わせ、熟れた美女の舌と唾液を味わい、うっとりと酔い痴れた。

舌を吸い合い、唾液を交換し、すっかり恭太の全身から力が抜けてしまう頃、ようやく唾液の糸を引いてピチャッと唇が離れた。

「い、いいの？　母と子でこんなことして……」

「いいのよ。今日だけは……」

亜津子が言い、やんわりと恭太の強ばりを手のひらで包んできた。

恭太自身は、もうすっかり硬くなっていた。

「どうしてほしい？」

亜津子が囁く。

どうやら今夜だけは、何でもしてくれるようだ。

恭太は、昨夜玲にしたように、そっと亜津子の唇に触れ、開かせて白い歯並びを指でたどった。

やがて開かれると、甘い匂いが濃く漂った。

恭太は、かぐわしい匂いに吸い寄せられるように顔を迫らせ、亜津子の口腔に鼻を差し入れて深呼吸してみた。

「いい匂い。この中に、入っていきたい……」

「そう……」

亜津子が優しく答え、ぽってりとした舌でヌラリと恭太の鼻を舐めてくれた。

この小さめの、上品な口が大きく開くのだろうか。恭太の腕も足も呑み込んでしまうほど……。

恭太は、この屋敷に来た最初の晩の、夢まぼろしのような出来事を思い出した。

「ね、手とか足とか、喉の奥まで入る？」

「さあ……、入れてみる？」

亜津子が切れ長の眼を妖しくキラキラさせて言い、恭太の指をパクッとくわえた。

恭太は指で、唾液に熱く濡れた舌を触り、頰の内側や奥歯の方までいじってみた。

さらに喉のヌルッとした粘膜にも触れた。

普通の人なら、ウッと咳《せ》き込みそうになるはずだが、亜津子は何ともないようだ。

むしろ恭太の腕を摑み、モグモグしながら奥へ奥へと呑み込んでいくではないか。

「うわ……、なんか、こわいよ……」

薄暗い部屋の中、自分の手が美しい熟女の口に、どんどん深く入っていくのだ。

手首まで入り、唾液にヌメった腕がさらに吸い込まれていく。

指先に触れているのは、食道だろうか。

しかし亜津子は、いっこうに苦しげな表情をせず、普通に呼吸しながら呑み込んでいく。

こんな特異体質があるのだろうか。

とうとう肘まで入り、指先が胃の粘膜に触れた。

胃液に、次第に指が熱くピリピリしてくる。

「も、もういいよ、溶けちゃうよお……」

恐くなった恭太が声を震わせると、ようやく亜津子も引き抜きはじめてくれた。

ヌルヌルする手首が口から離れた時は、外気がひんやりと感じられた。指先を嗅いで見ると、ほんのり甘酸っぱい匂いがしていた。

「そんなにこわい？」

「うん……、でも……」

「でもなに？」

亜津子が、逃がさないようにシッカリと恭太を抱きしめながら、近々と目を覗き込み、熱い息で囁きかけた。

「身体中が呑み込まれても、きっと気持ちよくて、食べられて溶けても嫌じゃないかもしれない……」

「そう、いい子ね。本当、こんなに硬くなって……」

亜津子は、恭太のペニスの強ばりで、彼が嘘を言っているわけではないと悟ったようだ。

そして恭太の顔を引き寄せ、乳首を含ませてきた。

恭太も素直に吸いつき、コリコリと硬くなっている乳首を舐め回した。

「いじって……」

亜津子はうっとりと息を吐きながら、恭太の手を取り、スベスベと滑らかな内腿の間に指を誘導した。

指先が、柔らかな恥毛と、ヌルッとした真下の花びらに触れた。

「もっと下の方……」

亜津子が、恭太の髪を撫でながら言った。

恭太は夢中で乳首を吸い、甘ったるい熟れた肌の匂いを嗅ぎながら、指先を陰唇の内側へと差し入れていった。

内部は熱くヌルヌルし、もう愛液が大洪水になっていた。

そのヌメリを指につけながら、ゆっくりとクリトリスを探っていった。

「そこ……、もっと強く……、アアッ！」

亜津子の声が次第に上ずり、息ができなくなるほど、恭太の顔を強く抱きしめてきた。

恭太も必死にコリコリと乳首を嚙み、ヌラヌラとクリトリスを圧迫するようにこすった。

「な、舐めて、お願い……！」

やがて亜津子が腕の力をゆるめて言い、恭太は身を起こし、ムッチリとした豊満な太腿の間に顔を潜り込ませていった。

2

「ああ……、ここよ、よく見て……」

亜津子が、自ら両手の指を当ててグイッと小陰唇を広げ、さらに包皮を剥いて完全にクリトリスを根元まで露出させた。

ピンク色のお肉はヌルヌルと熱く潤い、内部のお肉が迫り出すように妖しく蠢いていた。悩ましく息づく膣口は、白っぽい粘液をまつわりつかせ、股間全体は何とも熱く艶めかしい匂いを籠らせていた。

恭太は顔を埋め込み、黒々と艶のある柔らかな恥毛の丘に鼻をこすりつけて嗅いだ。

湯上がりの匂いに混じって、うっすらと甘ったるい汗の匂いと、熟れた果肉の匂いが感じられた。舌を這わせると、トロリとした大量の愛液が舌を心地好く濡らし、ビクッと震えた内腿がきつく彼の顔を締めつけてきた。

そのまま愛液をすすり、クリトリスを舐め上げると、

「アアーッ……！　いい気持ちよ……」

亜津子が声を上ずらせ、ガクガクと股間を上下に跳ね上げて悶えた。

恭太は、舌先をクリトリスに集中させ、唇を押しつけてチュッチュッと吸った。

愛液は後から後から泉のように湧き出し、恭太はクリトリスを愛撫しながら膣口にもヌルッと指を潜り込ませた。

亜津子は身をよじって喘ぎ、何度も熱い膣内で恭太の指を締めつけていたが、やがて自分から両足を浮かせてきた。

「ここも舐めて、少しでいいから……」

亜津子は遠慮がちに言ったが、恭太にとってはもちろん自分から味わいたい重要な場所である。

恭太は膣から指を抜き、両の親指で豊かなお尻の谷間をムッチリと開き、艶めかしく息づくピンクの肛門に鼻を押しつけた。

特に匂いはなく、それでも舌を這わせると、細かな襞が激しくキュッキュッと収縮し、少しでも多く、深くまで愛撫を受け入れるように蠢いた。

「ああっ、気持ちいい……、もっと、いっぱい……」

亜津子が声を震わせてせがみ、唾液に濡れた肛門は小さなイソギンチャクのように妖しく口を開いた。

恭太は、とがらせた舌先を中に押し込み、ヌルッとした粘膜を味わいながら、クチュクチュと舌を出し入れさせた。

「あう！　いいわ……、お願い、指も入れて……」

亜津子が豊満なお尻をクネらせて言い、恭太は、充分に肛門の表面と内部を味わい尽くしてから、ようやく舌を離して顔を上げた。そして、まだ愛液に濡れている人差し指を、ゆっくりと肛門に押し込んでいった。

「く……、もっと奥まで、中を、乱暴にいじって……」

亜津子が言うが、傷つきやすく敏感な粘膜に爪を立てるわけにもいかない。

恭太は息を詰め、注意深く指を根元までヌルヌルと潜り込ませた。

狭く締めつける入口と、内部のベタつくような感触を確かめながら、やがて深々と押し込んだ時点でクネクネと指を蠢かせた。

さらに親指も膣口に挿入し、二本の指で間のお肉をキュッキュッとつまんだ。

そして顔を埋め込み、再びクリトリスに舌を這わせた。

「ああ……、感じる……」

亜津子が顔をのけぞらせ、うっとりと声を洩らした。

「恭太のも、食べたい……」

そのまま亜津子は、恭太の下半身を求め、引き寄せてきた。

恭太も、クリトリスに唇を押し当て、二本の指を彼女の前後に押し込んだまま、ゆっくり身体を反転させていった。

仰向けの亜津子の顔をおそるおそる跨ぎ、股間を沈み込ませた。

そして、股間に彼女の熱い息を感じたと思った瞬間、すぐにギュッと抱き寄せられ、亀頭がスッポリと熱く濡れた空間に包み込まれた。

亜津子は一気に喉の奥まで呑み込み、熱い息で陰嚢を刺激しながら激しく舌を動かしてきた。

「ウ……！」

恭太は快感に呻きながらも、懸命に二本の指を前後の穴で蠢かせ、クリトリスを舐め回した。

しかし亜津子も、大量の愛液を漏らし、快感に悶えながらも、必死にペニスにしゃぶりつき、強く吸いついてきた。

たちまちペニス全体は温かな唾液にどっぷりと浸り、柔らかな舌の洗礼と唇の蠢きに翻弄されながら、急激に高まっていった。

「い、いっちゃうよお……！」

降参し、恭太は亜津子の股間から顔を上げて声を洩らした。

「待って、ちゃんと入れてから……」

亜津子も、すぐにスポンと口を離し、ペニスへの刺激を中断して言った。

危ういところで恭太は堪え、指をヌルッと引き抜いて、そのまま仰向けの亜津子に向き直った。

「きて……」

亜津子が両膝を開いて待ち受けた。

恭太は正常位で股間を押しつけ、一気にヌルヌルッと挿入していった。

「アアッ……！　いいわ……」

深々と受け入れながら、亜津子も両手を回してシッカリと抱き寄せた。

「く……！」

熱く濡れた膣内に根元まで包み込まれ、恭太は快感に呻いた。入れた時の心地好い摩擦だけでも漏らしそうになってしまったが、それを必死に堪えた。

「まだよ、我慢して……」

亜津子は熱く甘い息で囁き、若々しいペニスを味わうようにキュッキュッと膣内を収縮させた。

恭太は、柔らかく弾力ある熟れ肌に体重を預け、かぐわしい甘い吐息を感じながら懸命に我慢していた。

しかし亜津子は下からズンズンと股間を突き上げ、ペニスを摩擦してくる。溢れた愛液がベットリと陰嚢や内腿をヌメらせ、次第に恭太も腰を突き動かすと、快感に止まらなくなってきてしまった。

やがてピチャクチャと湿った音がリズミカルに響くようになり、それに激しい亜津子の喘ぎ声が入り混じった。

「すごい。気持ちいいわ。まだよ、もっと突いて……！」

亜津子は巨乳を弾ませて恭太を抱き、何度か貪るように彼の唇を求めてきた。

そして激しく舌をからませては、また喘ぎに耐えられなくなって口を離し、何度もビクッと顔をのけぞらせた。

恭太も、そろそろ限界だった。

まるで全身が、亜津子の温かく濡れた柔肉に包み込まれているようだ。

膣内の収縮も激しくなり、まるでペニスを奥へ奥へと引き込んで吸いつくような蠢動が繰り返された。

恭太は、動きを止めて呼吸を整えようとしたが、もう肉体の方が最高の快感を欲して、自然に腰が動いていた。

そして股間をぶつけるように律動し、とうとう怒濤のような快感が押し寄せると同時に、

「アアーッ！　い、いく！　すごいわ……！」

亜津子が狂おしく口走り、ガクンガクンと全身を波打たせた。

その勢いは激しく、恭太を乗せながら身を反り返らせて何度もブリッジするようだった。

恭太は必死にしがみつきながら快感に貫かれ、ありったけのザーメンを熟れ肉の奥に向けてドクンドクンと脈打たせた。

「あう……、感じる、出てるのね……」

亜津子はうっとりと言い、両足まで彼の腰にからめながら、いつまでも股間を突き上げていた。

恭太も、溶けてしまいそうな快感の中、最後の一滴まで放出し、やっと腰の動きを止めることができた。そのままグッタリと力を抜いて体重を預け、亜津子の温もりと匂いに包まれながら余韻に浸った。

3

恭太は、眠りながら女たちの話し合う声を聞いていた。

亜津子と、亜矢子、さらに玲もいるようだ。しかし何を話しているのか、内容までは聞き取れなかった。

そして身体が宙に舞い、布団に寝たまま長い廊下を進んでいく感じがした。

どうやら三人の女たちが力を合わせて、寝ている恭太を布団ごと移動させているようだ。

何のために、こんなことをしているのだろう。

まだ真夜中のようだった。ピッタリ閉じられた雨戸の隙間からも、何ら外の光は射し込んでいなかった。

恭太は半分ウトウトと眠り、半分目覚めながら、妙な心地好さに包まれていた。

金縛りのような苦痛はない。まるでフワフワと空を飛んでいる夢でも見ているようだ。

ようやく恭太は一室に寝かされ、また深い眠りに落ちていった。

次に目覚めた時は、身体中に柔らかなものが触れ、甘い匂いに包まれていた。

(裸だ……)

恭太は、まだ完全に覚めきれない状態の中で、自分が全裸であることに気づいた。

確か亜津子との行為を終えた後、ちゃんとパジャマを着たはずなのだが、また脱がされてしまったようだ。

そして身体中に舌が這い、ペニスどころか足の指までが念入りにしゃぶられた。

恭太はムクムクと激しく勃起してくるのを感じた。

まだ、夢か現実か分からない。夢精の時の夢でも見ているような感じだった。

やがて屹立したペニスが、ヌルヌルッと熱く濡れたものに包み込まれた。

同時に、股間に重みと、触れ合ってくる肌の滑らかさを感じた。

「お、おばさん……、じゃなくてママ……、もう、寝かせて……」

恭太は寝ぼけながら、声を出した。

しかしその時、ピッタリと唇が塞がれ、両耳に激しい痛みを感じた恭太は、それで完全に目を覚ました。

「あっ……!」

目の前に、眼鏡を外した亜矢子の顔があった。

女性上位でセックスし、近々と熱く甘い息で自分を見下ろしているのは女医の亜矢子だった。

恭太の勃起したペニスは、深々と亜矢子の膣内に埋め込まれていたのだ。

そして左右から裸の身体をピッタリと密着させ、恭太の耳の穴を舐め、時に耳たぶにキュッと噛みついているのは、亜津子と玲ではないか。

「い、いったい何を……」

恭太は、驚いて言った。

そこは何もない部屋だった。二面は襖で、二面は壁、古びた神棚以外何もない部屋だった。

とにかく、恭太が布団ごとこの部屋に移動させられたことは事実だったようだ。

「黙って、じっとしていればいいのよ」

亜矢子が、恭太の上でゆっくりと腰を突き動かしながら囁いてきた。

「そう、これが蒲地家の元旦の儀式なのだから」

恭太の右側から、亜津子も熱い息で囁いた。

「……」

恭太は、とにかく起き上がることもできず、山ほどの疑問を胸に、そのまま力を抜いた。

「ああっ、気持ちいい……」

上で亜矢子が喘ぎ、右から亜津子が、左から玲が、彼の頬に唇を押しつけ、時に荒々しく歯まで立ててくる。

そして何度も亜矢子が恭太に唇を重ね、舌をからめてくると、亜津子や玲まで割り込んでくる。三人の混じり合った吐息が、何とも艶めかしく恭太の鼻腔を満たしてきた。

さらに亜矢子の唾液が注がれ、それに亜津子と玲の唾液が混じり、大量の生温かいドキドキするシロップとなって恭太の喉を潤してきた。

玲は熱く息を弾ませ、早く亜矢子と交代したいのか身体をすり寄せ、嬉しそうにクスクス笑いながら恭太の口や頬に舌を這わせていた。

玲は、亜津子とうまくいっていないという話だったが、今は嬉々として二人の熟女に従い、一緒になって恭太を弄んでいた。牢から出されたことといい、この時期になると玲の発作や異常行動は治まるのだろうか。

「アアッ……、いいわ……」

亜矢子が満足げに身を揺すり、溢れた愛液でトロトロと恭太の陰嚢を濡らした。恭太も快感は高まっているが、寝起きで脳がついていかないようだ。朝勃ち状態のまま勃起しているが、亜津子との余韻もあるし今は三人に圧倒されているから、しばらくは暴発する心配もなさそうだった。

亜矢子が動いている間、亜津子は恭太の耳を嚙み、首筋を舐め下りて乳首にも吸いついてきた。

すると玲が身を起こし、仰向けの恭太の顔を跨いできた。

「舐めて」

短く言い、勃起した大きなクリトリスを恭太の口に押しつけてきた。

恭太も舌を伸ばし、玲のワレメを舐め、クリトリスを吸った。はみ出した陰唇の中は、バターでも塗りつけたように熱くベットリと濡れていた。

玲は、大晦日でも入浴しなかったのか、あるいは夕方にでも早めに入ったのか、柔らかな恥毛の隅々には生ぬるく甘ったるいミルクに似た汗の匂いがタップリと染み込んでいた。それとも、この妖しげな儀式にすっかり興奮し、汗ばんでいるのかもしれない。

ツヤツヤと光沢のあるクリトリスが、唾液に濡れてさらに濃く色づいている。

赤ん坊のペニスほどもあるそれは、舌の圧迫を弾き返すほどコリコリと硬く突き立ち、今にも射精しそうなほどヒクヒクと震えていた。

「ああん……、いい気持ち、もっと吸って……、そっとなら噛んでもいいわ……」

玲がうっとりと言い、次第にグイグイと体重を込めて恭太の顔に座り込んでワレメをこすりつけてきた。

恭太は息苦しくなり、必死に玲のクリトリスを舐め、言われた通り軽く歯を当てて小刻みに動かした。

ペニスは亜矢子の膣内で摩擦され、肌のあちこちには亜津子の舌と指が這い回っている。そして呼吸ができず、快感なのか苦痛なのかも分からず、とにかく恭太は頭も身体もぼうっとしてきた。

「ああっ……！　いいわ、上手よ。もっと……！」

玲が快感に喘ぎながら、ようやくわずかに股間を浮かせてくれた。

やっと呼吸できるようになったが、大量の愛液がトロトロと口に流れ込んできた。

と、今度は亜矢子が腰を浮かせ、身を離した。

「次あたし……」

玲が、すかさず恭太の顔から股間へと移動した。

そして亜矢子の愛液にまみれているのもかまわずに、パクッと含んで舌を這わせ、ちぎれるほど吸いつき、自分の唾液にヌメらせてから、跨いでゆっくりとしゃがみ込んできた。

ヌルヌルッとペニスが玲の膣内に潜り込み、コリコリするクリトリスが下腹部に当たった。やはり亜矢子とは微妙に温もりと感触が違い、さらに強い力でキュッとペニスを締めつけてきた。

さすがにたて続けに挿入され、恭太もジワジワと高まってきた。まるで股間から次第に意識が戻ってきたようだ。

「ああん、いきそう……！」

玲が喘ぎ、自ら胸を揉みしだきながら腰の上下運動を早めた。

「いいのよ、恭太もいって……」

亜矢子が頬に吸いついて囁き、亜津子も巨乳を押しつけながら、甘い息で舌をからめてきた。

亜津子は、ことさらにトロトロと唾液を注ぎ込んできた。

まるで亜津子の吐息と唾液には、媚薬のような効果があるのか、恭太も後戻りできないほど絶頂に迫っていった。

「ああ……、い、いく……、アアーッ……！」

玲が絶叫し、ガクガクと全身を波打たせた。

同時に、とうとう恭太も激しい快感に貫かれてしまった。

「あう」

短く呻き、恭太は姉の体内に射精した。

本当に、この三人とも恭太の子を妊娠しているのだろうか。また、それに一体どんな意味があるというのだろうか。

「ほおら、気持ちいいでしょう？」

「もっと出すのよ。いい子ね」

亜津子と亜矢子が、恭太の絶頂を知って左右から囁きかけ、顔じゅうに熱烈なキスをしてくれた。

それが大きな快感を長引かせ、恭太は身をよじってドクドクと噴出を続けた。

そして下降線をたどりつつある快感を惜しみながら、左右の亜津子と亜矢子の舌を舐め、唾液をすすり、玲の股間に突き上げ続けた。

ようやく恭太が最後の一滴を脈打たせる頃、玲も力尽きたようにグッタリとなり、恭太と同時に全員が動きを止めた……。

4

「さあ、こっちに来て」

亜津子に言われ、恭太はノロノロと身を起こした。

襖を開けると、そこは広い厨房だ。

柱時計を見ると、もう年も明けて、元旦の午前五時すぎではないか。

そこを通過し、バスルームにでも連れていってもらえるのかと思ったが、恭太の両腕を支えている亜津子と亜矢子は、そのまま彼をテーブルの上に横たえた。

「え……？　何これ……」

大きなテーブルの上に全裸で仰向けにされた恭太は、いきなり両腕をロープで縛られた。

さらに玲も、彼の両足を縛り、たちまち恭太は大の字にされて、それぞれの手首足首をテーブルの脚にくくりつけられてしまった。

「どういうことなの……、も、もう僕は、どんなことをしても勃《た》たないよ……」

確かに、この町に来てから毎日のようにセックスし続け、大晦日の夜までこうして三人に弄ばれてしまったのだ。

そして、もう何度となく出しきったのに、まだこんなプレイをしようとしているのか。

「ううん、もういいの。あなたは、充分に役目を果たしたわ。ゆっくり休んでちょうだい」

亜津子が優しい笑みを浮かべて言う。

「や、役目って……？」

「恭太のおかげで、私たち三人とも妊娠したわ。こうして元旦に間に合ったし」

「な、何を言ってるのかわからないよ。それより、このロープを……」

恭太はもがきながら、全裸で自分を見下ろしている亜津子を見た。

厨房の明るい光の中で、亜津子の巨乳が柔らかそうに弾み、豊満な美しい顔は神々しいほどだった。

「ダメなの。解くことはできないわ」

亜津子が言い、恭太は慌てて周囲を見回した。

玲と亜矢子が、厨房の大鍋に火をつけ、こちらに戻ってきた。

自分を見下ろす三人の全裸美女。その目が、キラキラと異様に光っている。

「早く食べたい。ここ」

玲が言い、恭太の縮こまったペニスを指した。

「まだ、夜明けにはもうすこし時間があるわ。その間に身を清めてきて」

亜津子が言うと、玲は亜矢子と一緒にバスルームの方へ行った。

「ねえ、こわいよ。教えて。どういうことなの……」

恭太は、パニックになりそうな恐怖を懸命に抑え、亜津子に言った。

「堪忍して。これが六十年に一度来る、蒲地家の元旦のしきたりなの」

「か、かのえ、たつ……」

恭太が言うと、亜津子は彼の髪を撫ぜた。

「よく調べたわね。そう、庚辰の元旦、夜明けとともに恭太は、私たち三人に食べられるの」

「そ、そんなこと、聞いてないよ……！」

恭太は暴れたが、手足はしっかりと固定されていた。

「じゃ、先祖が飢饉を救ったというのは……」

「そう、蒲地家の男子の肉を食べ、その余りを村人に分けたのが始まり。その最初の年が庚辰で、以後この村だけは飢饉に見舞われなくなったの。蒲地家には鬼が守り神となり、当主を犠牲にしたことを讃えて村人も長く尊敬するようになったわけ。しかし六十年に一度の聖餐はこの家のしきたりとして行ってきた」

「……」

あまりに非現実的な話だが、現に恭太はこうして縛られ、近くでは鍋が煮立ちはじめているではないか。

六十年前の庚辰といえば昭和十五年。大東亜戦争に突入する前年で、混乱の中、屋敷内のことなど誰も気づかなかったのだろう。

その前は明治十年代で、なおさら領主の威光が残っている時代で、誰も追及などしなかったようだ。

もちろん飢饉でなくなってからは、余りの肉を村人に分け与えることもしなくなったから、未だにそのようなしきたりを続けているなど、人々は思ってもいないかもしれない。

「と、東京の方はどうなるの。僕が帰ってこなかったら、同じアパートのおばさんたちが捜索するよ……」

「東京の方は心配いらないわ。もう引っ越しの手続きもすんで、残っている荷物もやがて届くことになっているから。もう何の後腐れもないように手配してきたわ」

「で、でも僕は、もう転校手続きしたんでしょう？　三学期から行かないと……」

「そのために、そっくりな玲がいるでしょう？　外へ出しはじめて、だんだん馴れてきたようだわ」

「り、理沙は気がつくさ。僕じゃないことを……。まさか、理沙まで……」

「あの子まで殺したりはしないわ。そんな心配しないで。ただ、石室先生と大野一家は、一月じゅうにこの土地を出ていくわ」

「そ、そんな……」

　真由美先生と理沙だけは、やはり恭太と玲の違いを知り過ぎているから、追い出そうというのか。

　確かに、校長を操るぐらい蒲地家ならわけないだろうし、理沙の父親だって、この土地の人間だから、蒲地家へのわけのわからない畏怖は幼い頃から身に染みているだろう。

蒲地家の人間に逆らうと、恐ろしいバチが当たる、と幼い頃から言われ続けた土地の人は、みな追及する気力すら奪われて洗脳されてしまっているのだ。

「こんなこと、普通じゃないよ……。本気でやろうとしているの……?」

恭太は声を震わせた。

玲はもとより亜津子も亜矢子も、前回、六十年前の儀式を知っているはずもない。

それなのに、どうして因習を守り、実行しようというのか。

いや、土地の人以上に、蒲地家の女たちこそ最も深く洗脳されているのだろうか。

あるいは言われなくても本能的に、血や遺伝子の中に組み込まれているのかもしれない。

やがてバスルームから、亜矢子と玲が出てきた。

5

「たぶん歯では嚙み切れないだろうけど、一応チャレンジしてみたい」

玲が言う。

亜矢子も玲も、亜津子すらも、恭太への憐れみの情は少しも抱いていないようだった。

「どうせ、これを使わなきゃならないわ」

亜矢子が、両手に砥ぎ澄まされた鎌を持って言った。

(そ、そうか……!)

恭太は思った。

家紋である、二本の鎌のぶっちがいは、かまいたちではなく、カマキリを表わしたものだったのだ。交尾の後にオスを喰い殺すカマキリの習性こそ、この家の女の宿命だったのである。

妊娠した三人の子に、男子がいるとは限らない。しかし次回はまた六十年後なのだから、婿でも取って、その孫に男子がいればそれでよいのだろう。

両親が、女の玲を置いて恭太だけ連れて逃げた理由が、ようやく分かった。

母は別の土地から来た人間だから、そんな風習に従うはずもないが、玲は女なので血の中にそうした習性を持っている。だから連れていかれなかったのだ。

ご先祖が鬼だと思ったら獣の妖怪であるかまいたち、実際は、さらに格下の昆虫カマキリだったとは情けない気がした。

いや、あるいはこれもいろいろある鬼の種族のうちの一つなのかもしれないが。

「もう少しね」

亜津子が言い、厨房にある東側の窓を開けた。

空は白々と明けはじめ、冷気が侵入してきた。

「これだけは、私の……」

玲は、もうツバでもつけるようにペニスをいじり、今にも嚙みつきそうな素振りを見せていた。

「私は、ここだけはナマのまま、嚙まずに飲み込みたい……」

亜津子が、恭太の顔を両手の平で挟み、愛しげに撫でた。

彼女なら、顎の骨を自在に外せ、大きく開いた口でひと口で恭太の生首ぐらい吞み込んでしまうかもしれない。

こんな状況でも、それは恭太に甘美な興奮を与えた。

できることなら、鎌など無粋なものでとどめを刺されるより、亜津子の甘くかぐわしい口に顔じゅうが含まれ、温かな唾液にまみれて、少しずつ吞み込まれながら窒息したかった。

「わあ、大きくなってきた……」

玲が、ペニスに熱い息を吹きかけて言う。

こんなさなかでも勃起してくる恭太に、三人は感心したようだった。

「さすがに蒲地の男ね。ぜんぜんこわがっていないし、楽しみにしているみたい」

亜矢子が言い、チロリと舌なめずりした。

「そ、そんなことないよ。助けて……」

「それより、どうする？　もう一回ぐらいしてもいいわ。時間があるから」

亜津子は、恭太の言葉など無視して言った。

すると、待ちきれなかった玲がスッポリとペニスを含み、激しい勢いでしゃぶりはじめた。

ザーメンばかりは、恭太が死んでからでは味わえないと思ったか、最後の最後まで絞り取って飲みたいようだった。

そして恭太の射精を早めるように亜矢子も彼の肌に指や舌を這わせ、亜津子も熱っぽいキスをして、舌をからめてきた。

やはり特殊な成分でも含まれているかのように、恭太は、亜津子の甘い吐息と唾液を味わっているうち、うっとりと酔い痴れ、このまま三人に食べられていくのが嬉しくて仕方がない気持ちになってきてしまった。

「早く、ママの口からおなかの中に入りたいでしょう?」

唇を離し、唾液の糸を引いたまま亜津子が近々と顔を寄せ、熱い息で囁いてきた。

恭太も、少しずつ高まりながら、小さくこっくりとうなずいていた。

「いい子ね。残さずに、ぜんぶ私たちのおなかに入れてあげるからね」

亜津子は言い、もう一度唇を重ねてきた。

その間、亜矢子は恭太の乳首や脇腹を噛み、玲はスポスポとペニス全体を口で摩擦してきた。

「ああっ……、い、いく……!」

こんな状況なのに自分でも不思議だが、恭太は激しい快感に全身を貫かれ、ガクガクと悶えてしまった。

同時に大量のザーメンを脈打たせ、玲が全て口の中に受け止めた。

そのまま最後の一滴まで吸い取られ、飲み込まれても、恭太の興奮と快感は治まらなかった。

「さあ、そろそろだわ」

亜津子が、窓から東の空を見ながら言い、すぐに恭太に顔を寄せた。

「恭太、どんなふうにされたい？」

「マ、ママの口から、おなかの中に入りながら窒息したい……」

胸を高鳴らせながら言うと、

「いいわ。じゃそれまで二人は何もしないで」

亜津子が頷き、亜矢子と玲に言った。

そして亜津子は、かぐわしい口を開いて恭太の顔に迫ってきた……。

エピローグ

1

「あ……」

明け方、真由美は炬燵《こたつ》で目を覚ました。

紅白歌合戦を見て、年が替わったところまでは覚えているのだが、そのまま眠ってしまったようだ。

何か気がかりなことがあったのだが、思い出せない。

ちゃんと布団で寝ようと思い、真由美は起き上がった。

ふと、その目の前にカレンダーがあった。

「新しいのに替えないと……」

そう思い、古いカレンダーを取り外した。

その時、印刷されてある去年の干支が目に入った。

「己《つちのと》の卯年……？」

何げなく、声に出して呟き、買っておいた新しいカレンダーを見る。

「な、なんて迂闊な……！」

真由美は目を見開いた。

今年は、庚辰《かのえたつ》ではないか！

つけっぱなしのテレビの時報を見たが、まだ日の出に間に合うかもしれない。

真由美はオーバーを羽織って、慌ててアパートを出た。

この土地の者は、誰も初日の出を見に行こうとはしないのか。薄明るくなりはじめた町には、人っ子一人いなかった。

いや、人影だ。

「せ、先生……」

「大野さん……？　どうして」

真由美は、一人でポツンといる理沙を見て、驚いて近づいた。

「どうしてだか分からないけど、早く目が覚めて、それで……」

自分でも、どうして家を抜け出してきたのか、うまく言葉にならないようだ。

「先生は……？」

「気になることがあって、恭太くんの家に」

真由美も、うまく言えないが、気が急いて歩きはじめていた。

「私も行きます」

理沙も小走りについてきた。

おそらく真由美と同様、わけの分からない胸騒ぎに突き動かされているのだろう。

真由美も、たとえ生徒とはいえ、一人きりより心強くて、追い返すようなことはしなかった。

第一、もう真夜中ではない。日の出直前の朝なのだ。いちいち家の人に断わる必要もないだろう。

二人は白い息を弾ませ、蒲地家へ向かった。

と、朝霧の中をもう一人、先を歩いている者がいた。

2

「あ、あなたは……！」

真由美と理沙が声をかけると、人影が振り返った。

神秘の巫女、仁枝由良子ではないか。

彼女は今日も、純白の衣に朱色の袴をきっちりと着こなし、光り輝くように神々しい表情で二人を見た。

その胸には、布に包まれた懐剣があった。

「行きますか、三人で」

由良子が、散歩にでも誘うように言い、また先を歩きはじめた。

真由美も理沙も黙って従ったが、由良子の軽やかな足取りに、徐々に不安が薄れてきて、大いなる安心感が芽生えてきた。

やがて朝霧の彼方に、蒲地家の大きな門が見えてきた。

その門はピッタリと閉ざされ、もちろん施錠されている。

由良子は胸の袋の紐を解き、スラリと剣を抜いた。

「それは……？」

真由美が訊く。

短刀ではなく、諸刃の直刀、一尺ほどの古代の剣である。

「代々、仁枝家に伝わる破邪の宝剣。遠い宇宙から飛来した隕石で生成した流星剣。またの名を鬼斬り丸」

「こ、殺すのですか……？」

「いや、剣の輝きに、邪悪な心は影をひそめる」

由良子が言い、二人を一歩下がらせた。

「ふるべ、ゆらゆらとふるべ……」

剣を構える由良子の口から、呪文めいた言葉が洩れてきた。

「ひふみよいなよやここのたり、ゆらゆらとふるべ」

言い終わり、神秘の言霊《ことだま》を含んだ清浄な息吹が、由良子の形よい口からフーッと吐き出された。

同時に剣が振り下ろされると、門の奥で木の閂《かんぬき》がカッと両断された。

地球の物質ではない流星剣は、由良子のパワーと融合し、どんなものでも切れるようだった。

ギ、ギイ……、と軋んだ音を立てて、大きな門が内側に開かれた。
「さあ、参ろうか。いざ鬼退治に」

由良子が中に入り、真由美が続いた。

最後に入りながら、理沙は東の空を見た。山の端の紫雲が輝きを増していた。

そのとき黎明《れいめい》の光芒が、キラリと理沙の目を射た。

「……!」

理沙は、その眩しさに微かに眉をひそめ、二人に続いて屋敷に入った。

皇紀二六六〇年（西暦二〇〇〇年）、元旦の日の出だった。

◎『姦の館　女肉の少年解剖』（一九九九年・マドンナ社刊）を一部修正し、改題。

二見文庫

儀式《ぎしき》　真夜中《まよなか》の肉宴《にくえん》

著者　睦月影郎《むつきかげろう》

発行所　株式会社 二見書房
東京都千代田区三崎町2-18-11
電話 03(3515)2311［営業］
03(3515)2313［編集］
振替 00170-4-2639

印刷　株式会社 堀内印刷所
製本　株式会社 村上製本所

落丁・乱丁本はお取り替えいたします。
定価は、カバーに表示してあります。

ISBN978-4-576-15208-0
http://www.futami.co.jp/

二見文庫の既刊本

夜の研究棟

MUTSUKI,Kagero

睦月影郎

16歳の光男は、養父の元を離れ、実父・月岡光一郎の研究施設で新たな生活を始めることになった。最初の晩、光男は夢うつつの中で金髪の美しい女性博士によって精液を採集される。その後、他の女性研究員とも関係を持ち、担任教師とも……。一方で、研究所に隠された驚愕の秘密も明らかになり……。「21世紀最強の官能小説大賞」の大賞に輝いた大傑作!